Alexandra Feldmann

Eirene

Alexandra Feldmann

Eirene

Roman

Bibliografische Information der Deutschen
Nationalbibliothek:
Die Deutsche Nationalbibliothek verzeichnet diese
Publikation in der Deutschen Nationalbibliografie;
detaillierte bibliografische Daten sind im Internet
über http://dnb.dnb.de abrufbar.

© 2021 Alexandra Feldmann

Herstellung und Verlag: BoD – Books on Demand,
Norderstedt

ISBN: 978-3-7543-4388-3

<u>- Eirene -</u>

Von den Kollegen auch "Will ich haben, wenn ich mal groß bin Liste" oder "verschmitzte Liebesbriefe" genannt ...

...was dem aber nicht ganz entspricht...

Mein Dank gilt:

Lutz -   für seine inspirierenden Massagen

Olli -   der mir geholfen hat, als ich es am
                nötigsten hatte

Manuela -   die Olli irgendwann abgelöst hat

Dirk N. -   der zwar erst spät erschien, mir dafür
                den Henker schnell näher brachte

und ganz besonderer Dank an Stephan, der meiner
Fantasie die Freiräume gab, die ich brauchte - auch
wenn es nicht immer ganz einfach war.

Prolog

Die Stimmung im "Hummvee" war gut. Sie waren auf dem sicheren Rückweg von einer Patrouille, entgegen den Hinweisen war nichts passiert. Entspannt lehnten sie sich zurück, machten Späße und ulkten herum was es wohl wieder zum Essen geben würde. Die Verpflegung war hier wirklich nicht gut. Wenn das alte Sprichwort stimmte - je schlechter die Verpflegung einer Armee, desto besser die Kampfkraft - dann mussten sie echt gut sein. Sehr gut sogar.

Das Wetter war schön warm, endlich mal nicht zu heiß und nicht zu kalt. Am Straßenrand spielten Kinder Fußball. Freudig hupten sie im Vorbeifahren und winkten freundlich. Die Kinder hielten den Ball fest und ließen die Patrouille vorüberziehen. Fröhlich winkten sie zurück.

Sie waren schon ein ganzes Stück weitergefahren als ein schrill-pfeifendes Geräusch sie zusammenzucken ließ. Mit erschrockenen weit aufgerissenen Augen sahen sie sich um. Jeder kannte dieses Pfeifen und jeder verband damit seine eigenen Erinnerungen.

Der erste Treffer landete vor ihnen auf der Straße und riss dort einen tiefen Krater in der Fahrbahn.

Der Fahrer trat sofort auf die Bremse und brachte den Hummer gerade noch vor dem Loch zum Stehen. Alle griffen nach ihren Waffen und hielten nach dem Angreifer Ausschau. Wieder ertönte das pfeifende Geräusch, nur diesmal klang es noch dichter. Schnell sprangen sie aus dem Wagen und suchten in der Umgebung Schutz. Keinen Augenblick zu früh. Kaum waren sie draußen, krachte eine Rakete in den Wagen und ließ ihn in tausend Stücke Explodieren.

Noch war kein Angreifer auszumachen. Er musste in der Nähe sein. Statt der Raketen, begann nun ein Flagg-Feuer. Sie hatten sich hinter einer Mauer verschanzt und ihnen war klar, dass es nicht gut aussah. Selbst wenn sie das nächste Haus erreichen würden, wer sagte ihnen, dass sie dann nicht mit einer Rakete und dem ganzen Haus weggesprengt werden würden. Also war es draußen sicherer. Sie drückten sich fest an die Mauer und verständigten sich mit kurzen Blicken.

Sie waren alle erfahrene Kämpfer und für niemanden war dies das erste Scharmützel in das sie hineingerieten. Und doch ... irgendetwas war anders...

Die Kugeln flogen ihnen so um die Ohren, dass sie es kaum wagten hinter der Mauer hervorzuschauen.

Dann lief ein Schatten vor ihnen entlang, ein gezielter Schuss fiel, und der erste von ihnen brach tot zusammen.

Dann war es ruhig - starr vor Schrecken versammelten sie sich um ihren toten Kameraden. Was sollte das? Die Stille wurde immer lauter und in ihren Schädeln dröhnte es.

"Wir kriegen euch alle!" hörten sie eine Stimme des Gegners. "Wir können euch einzeln erledigen - oder ihr ergebt euch!"

Die übrigen vier sahen sich unsicher an. Dann begann eine kurze Diskussion. Sollten sie sich ergeben? Und als Kriegsgefangene auf ihr Schicksal warten? Folter und Propaganda über sich ergehen lassen?

Nein! Schnell war ihnen klar, dass sie lieber hier und jetzt sterben würden, als sich in ein ungewisses Schicksal zu ergeben.

"Vergiss es!" rief der Anführer dem Gegner zu,

"Lieber sterben wir und nehmen so viele von euch mit, wie es nur geht!"

Grimmig wandte er sich wieder seinen Kameraden zu. Schnell wurden zwei Teams gebildet, die nacheinander die Flucht versuchen sollten, um Hilfe für die übrigen zu holen. Die ersten zwei rückten ab. Die anderen blieben und eröffneten das Feuer auf die Stellung der Gegner - oder zumindest in die Richtung, in der sie sie vermuteten. Es schien zu funktionieren. Das erste zweier Team war schnell auf dem Weg. Schon nach kurzer Zeit war nichts mehr von ihnen zu sehen. Erleichtert lächelte sie ihrem Flügelmann zu.

Und erschrak...

Er war zusammengesunken und lächelte sie nur schwach an. Kalter Schweiß stand auf seiner Stirn. Jede Vorsicht außer Acht lassend, lief sie zu ihm rüber. Ein Schuss krachte und sie fühlte einen heißen brennenden Schmerz in ihrer Schulter. Doch es kümmerte sie nicht. Dies war nicht ihre erste Verletzung und sie wusste, sie würde auch diese letzten Endes unbeschadet überstehen. Als sie bei ihrem Kameraden ankam, entdeckte sie eine sich rasch ausbreitende Blutung kurz über der Hüfte. Sie setzte ihn hin und knöpfte das Hemd auf. Es war eine fiese Wunde und sie kramte aus ihrem Rucksack ein erste Hilfe Pack. Gekonnt drückte sie ihm den Verband Mull auf die Wunde und hoffte, dass es ein wenig helfen würde. Ihr Kamerad hustete leicht als er sich aufrichtete.

"Bleib du hier", flüsterte sie. "Ich gehe Hilfe holen." Sie gab ihm ihre Trinkflasche und wollte sich auf den Weg machen. Doch kaum hatte sie den Rand der Mauer erreicht, begannen ihr die Kugeln um den Kopf zu fliegen. Schnell zog sie sich zurück. Als sie wieder bei ihrem Kameraden war, wusste sie, dass es eh egal war. Für ihn gab es keine Hilfe mehr. Schwach lächelte er sie an und begann in seinen Taschen zu wühlen. Er kramte ein zerfleddertes Foto hervor. Darauf waren eine Frau und zwei Kinder von etwa 6 und 9 Jahren zu sehen.

Sie biss sich auf die Unterlippe. Zum einen vor Wut, weil wieder Kinder ohne ihren Vater aufwachsen würden. Und dann verfluchte sie das Schicksal. Warum konnte es nicht einmal sie treffen? Warum immer die anderen? Sie hatte keine Familie, dafür hatten andere gesorgt. Niemand würde sie je vermissen.

Ihr Kamerad sah sie fragend und sie nickte.

"Was soll`s ...!" sie lächelte ihn aufmunternd an. "Ich bleibe hier. Die anderen werden bestimmt gleich mit der Kavallerie anrücken."

Sie setzte sich neben ihn und er legte seinen Kopf an ihre Schulter. Erinnerungen wurden in ihr wach. Sie nahm sich und ihm den Helm ab. So war es ein wenig bequemer. Sie lud ihre und seine Waffen und

11

legte sie in greifbare Nähe. Jetzt hieß es warten. Ihr Kamerad wurde von Minute zu Minute blasser. Wenn sie ihm etwas zu trinken gab, verursachte es ihm starke Schmerzen, so dass er nach einigen wenigen Schlucken nichts mehr wollte.

Schließlich war es soweit. Sie hasste diesen Moment und gleichzeitig wusste sie, dass sie nichts dagegen unternehmen konnte. Sie konnte nur noch ihrem Kameraden den Übergang so leicht wie möglich machen. Der Kamerad richtete sich noch einmal auf und sah sie mit fiebrig glänzenden Augen an.

"Hilf mir!" flüsterte er schwach.

Sie nickte stumm. Und strich ihm die Haare aus dem Gesicht. Sie wusste, er würde sterben. Entweder hier und jetzt oder später im Lazarett. Mühsam die Tränen unterdrückend griff sie nach ihrem Rucksack. Lange suchte sie nach einem kleinen silbernen Etui. Sie öffnete es und entnahm ihm eine Zigarette. Dann suchte sie das Feuerzeug und zündete die Zigarette an. Tief und genussvoll zog sie den Rauch in die Lunge.

Ihr Kamerad beobachtete sie.

"Wieso kannst du leben?" fragte er sie. "Ich weiß, dass du schon so viel durchgemacht hast und auch etliche Verletzungen überlebt hast. Wie schaffst du das?"

Stumm reichte sie ihm die Zigarette. "Hier - das hilft beim Entspannen."

Er nahm seinen ersten Zug und sie erkannte, dass es jetzt nicht mehr lange dauern würde. Also konnte sie ihm auch die Wahrheit sagen.

"Ich bin verflucht!" antwortete sie ihm. "Ich habe mich mit Mächten eingelassen, die sich fürchterlich an mir gerächt haben."

Sie überlegte kurz, ob sie noch mehr sagen musste. Er sah sie verwundert an.

"Also gibt es einen Gott?" fragte er.

"Oh Ja, den gibt es." antwortete sie grimmig.

"Gut.", sagte er schwach. "Mehr brauche ich nicht zu wissen."

Dann legte er seinen Kopf wieder auf ihre Schulter. Sie legte ihren Arm um ihn und er nahm noch einen tiefen Zug von der Zigarette. Als er ausatmete spürte sie wie sich sein Körper erst noch kurz anspannte, um dann zu erschlaffen.

Mit tränennassen Augen sah sie zu ihm hinunter. Er war tot.

Jetzt ließ sie ihren Tränen freien Lauf. Wütend funkelte sie den Himmel an. Ist das hier noch fair? Warum konnte nicht einfach sie mal sterben? Warum immer die anderen? Sie war sich sicher, dass ihr Kamerad als Familienvater weitaus wichtiger für die Welt hätte sein können, als sie - eine einfache Kriegerin.

Sie wünschte sich, sie könnte all dies endlich hinter sich lassen und alles vergessen...

"Du willst wirklich alles vergessen?" hörte sie eine Stimme hinter sich. Sie drehte sich um, aber da war niemand.

"Ja, das wäre gut..." antwortete sie stumm.

"Wirklich alles?", fragte die Stimme erneut.

"Ja!" antwortete sie "Ich will alles vergessen!"

Wütend schrie sie die Worte hinaus.

"Gut. So sei es!", die Stimme klang hohl und mächtig.

Zu spät erkannte sie wem die Stimme gehörte. Sie wollte noch widersprechen - sich vor einem neuen Fluch schützen - aber es war zu spät.

Die Welt um sie herum begann zu wabern und sich in einem dichten grauen Nebel aufzulösen.

Kapitel 1

Nach einem langen, anstrengenden und schmerzhaften Tag in der Folterkammer war ich ehrlich froh wieder in meiner Zelle zu sein.

Sie war zwar klein und stank ganz erbärmlich, aber ich hatte meine Ruhe und war für mich allein. Ich drückte mich in eine Ecke und versuchte im Schlaf meine Schmerzen zu vergessen. Beim Atmen knackte es verdächtig. Ich vermutete, dass wenigstens zwei Rippen angebrochen waren. Und auch die linke Schulter musste eingerenkt werden. Doch das hatte Zeit - jetzt brauchte ich erst mal Schlaf - viel Schlaf.

Wenn ich nur wüsste, warum ich so gefoltert wurde?

Kaum war ich eingeschlafen, wachte ich auch schon wieder auf. Vor meiner Zelle wurde laut gestritten.

"Chef - es geht nicht." War das erste was ich richtig verstand. "Sie ist gerade mal eine Stunde wieder hier. Und sie wurde heute hart rangenommen."

Innerlich zuckte ich zusammen - nicht schon wieder. Doch vielleicht ging es ja gar nicht um mich. Sicher gab es hier noch mehr Gefangene.

"Wir brauchen sie in einer halben Stunde unten.", die zweite Stimme klang hart und unnachgiebig. "Und legt sie auf Spannung aufs Kreuz."

Es klang endgültig.

"Chef - nein!", die andere Stimme unternahm einen letzten Versuch. Doch schon am Tonfall konnte ich hören, dass es vergebens war.

"Entweder sie - oder Du.", hörte ich die harte Stimme sagen, "Du kannst gerne ihren Platz einnehmen."

Die Entscheidung war mir klar.

Ich schloss für einen Moment die Augen und hoffte, dass Türschloss würde, nicht klappern. Als ich die Augen öffnete, zuckte ich zusammen. Der Betreuer stand schon vor mir und musterte mich. Schweigend nahm er meinen Arm und zog mich hoch. Mühsam rappelte ich mich auf und stand schließlich schwankend neben ihm. Er stütze mich auf dem Weg erneut zur Folterkammer. Ich war dankbar dafür, auch dafür, dass ich nicht gefesselt wurde.

Trotzdem ging es mir nicht gut. Ich zitterte bei jedem Schritt, mir war übel und schwindelig, und wenn ich versuchte meinen linken Arm zu benutzen wurde mir richtig flau.

Als wir die Folterkammer erreicht hatten, sah ich mich neugierig um. Dies war nicht die übliche Folterkammer - dieser Raum war größer und besser ausgestattet. Vielleicht einer der persönlichen Räume des Chefs? Die eine Seite war mit einem polarisierten Spiegel ausgestattet – also konnten ungesehen andere dem Geschehen in der Folterkammer zuschauen. Insgeheim fragte ich mich, wer kontrolliert wurde...

In der Mitte befand sich das Kreuz - ein diagonales Holzkreuz, dass auf einer Mechanik lagerte. An den Enden befanden sich Metallspangen, in denen meine Hand- bzw. Fußfesseln befestigt werden konnten.

Mein Betreuer setzte mich zunächst auf einen Stuhl an der Seite. Ich saß da voller Angst, aber auch mit einem seltsamen Gefühl der Sicherheit. Ich konnte mir dieses Gefühl selber nicht erklären, aber ich fühlte mich sicher.

Mein Betreuer hantierte an der Mechanik und schließlich stand das Kreuz aufrecht auf dem Boden. Er winkte mich zu sich heran. Wie in Trance gehorchte ich. Ich ging zu ihm, stellte mich vor das Kreuz und ließ ihn die Fesseln anlegen. Die Beine waren schnell erledigt und auch der rechte Arm ging problemlos. Doch als er das Gleiche mit dem linken Arm versuchte, entflammte ein Schmerzblitz in meinem Gehirn und ich wurde bewusstlos.

Als ich wieder zu mir kam, saß ich in einer Ecke auf dem Boden an die Wand gelehnt. Mein Betreuer stand mit einer aufgezogenen Spritze vor mir. Panisch blickte er von mir auf die Uhr und wieder zurück. Mir wurde klar - er hatte nicht mehr allzu viel Zeit, um die Vorgabe seines Chefs zu erfüllen. Ich wollte ihm helfen, doch ich konnte nicht.

"Es tut mir leid.", schwach lächelte ich ihn an.

Er zuckte mit der Schulter und setzte die Spritze in meine linke Schulter.

"Du kannst nichts dafür.", flüsterte er dann, "Ich habe ihm gleich gesagt, dass es nicht funktioniert."

Dann infiltrierte er die gesamte Schulter. Als er fertig war, stand er auf und sortierte einige Instrumente.

Ich spürte wie die Betäubung zu wirken begann. Schlapp lehnte ich an der Wand. Nach etwa zehn Minuten kam er zurück.

"So, ich glaube wir können."

Ich wollte aufstehen, da ich dachte, er wollte nur die Schulter betäuben, damit ich nun ans Kreuz geschnallt werden konnte.

Doch er nahm nur meinen linken Arm und schüttelte ihn leicht. Da begriff ich, was er wirklich vorhatte.

"Nein, bitte nicht.", hauchte ich schwach.

Innerlich bereitete ich mich auf den plötzlichen Schmerz vor - äußerlich versuchte ich locker zu bleiben.

Er setzte seinen Stiefel auf meine Brust. Dann zog und drehte er ruckartig an meinem Arm. Diesmal schrie ich laut auf. In meinem Gehirn blitzte es erneut. Ich spürte wie das Gelenk zurück in seine Stellung rutschte. Noch während das geschah, bemerkte ich, dass etwas nicht stimmte. Der eine Schmerz wich einem anderen.

"Oh verdammt!", hörte ich den Betreuer fluchen. Er schaute verärgert auf meine Schulter.

Gebannt sah ich hin. Ein großer blauer Fleck war entstanden und wurde rasch größer. Also war ein Blutgefäß beschädigt. Wegen der Betäubung spürte ich - zum Glück - wenig davon.

Ich hoffte, dass es wenigstens kein größeres Gefäß war - denn das hätte mich gut den Arm kosten können.

Der Betreuer reagierte sofort und brachte mir erst mal einen Eisbeutel. Anschließend holte er eine Hohlnadel und punktierte die Schulter. So konnten wenigstens das Blut und das Wundwasser abfließen und nahmen mir so den Druck in der Schulter. Fasziniert starrte ich auf die rasch größer werdende Lache vor mir auf dem Boden.

Der Betreuer sah verzweifelt auf die Uhr.

"Ich muss dich jetzt irgendwie aufs Kreuz bringen, sonst gibt es richtig Ärger."

Ich nickte und er half mir beim Aufstehen. Das Einklippen in die Kreuzmechanik klappte diesmal problemlos - auch beim linken Arm. Einzig die Nadel rutschte raus.

Dann fuhr er die Hydraulik an und ich wurde auf Spannung gezogen. Da dies vollautomatisch geschah, konnte der Betreuer noch schnell ein wenig saubermachen. Die Automatik stoppte den Prozess erst, als ich schon das Gefühl hatte auseinander zu reißen. Ich atmete ein paarmal tief durch, aber so richtig half das auch nicht. Die Schulter schmerzte und beim Atmen spürte ich die

Rippen. Doch nach ein paar Minuten gelang es mir, mich ein wenig zu entspannen und die ganze Situation wurde erträglicher.

Kaum hatte ich mich so mit meiner Situation abgefunden, kam der Chef herein. Missbilligend musterte er mich. Er trat zu mir heran, zog ein wenig an den Beinen und drückte mir auf den Bauch. Dann betätigte er die Automatik. Sie fuhr an und ich spürte den Zug an Armen und Beinen - aber auch im Bauch. Dann blockierte die Automatik, schaltete sich ab und fuhr wieder in die Ausgangsposition zurück. Daraufhin schaltete der Chef die Automatik ab, und ging auf manuellen Betrieb. So schaffte er zwei weitere Rasten.

Erschöpft stöhnte ich auf.

Als der Chef dichter an mich herantrat, bemerkte er die Verfärbung an der Schulter. Die Nadel war inzwischen ganz herausgerutscht und so bildet sich erneut ein großer blauer Fleck.

"Was ist das?", fragte er den Betreuer. Dieser erklärte ihm was passiert war. Als er fertig war sah ihn der Chef streng an.

In diesem Moment war ich echt froh dort zu sein, wo ich war.

"Darüber reden wir noch!", sagte er schneidend zu dem Betreuer. "Jetzt setz dich da hin und richte nicht noch mehr Schaden an."

Anschließend ging der Chef zum Instrumentenschrank und kramte dort einige Zeit herum. Dann telefonierte er zweimal und kam dann zu mir.

Auf einem Metalltablett hatte er einige Klemmen und Schläuche liegen, aber auch eine Spritze und ein Skalpell.

Unruhig wand ich mich in den Fesseln hin und her.

Als nächstes nahm er eine Halskrause und ein Nackenpolster und stabilisierte mir so meinen Kopf.

"Das wird jetzt nicht so schön - eigentlich hatte ich ganz anderes mit dir vor.", sagte er mit einem seltsamen Unterton. "Doch das hier hat jetzt absoluten Vorrang - sonst verblutest du mir noch."

Der Chef sprach sachlich und klar akzentuiert.

Er gab mir eine ekelhaft bittere Flüssigkeit zum Trinken und infiltrierte dann die Schulter erneut. Schon nach wenigen Augenblicken hatte ich das Gefühl zu schweben und in Watte verpackt zu sein. Meine Augen flackerten. Ich wusste nicht, ob mir das Gefühl gefiel - irgendwie machte es mir Angst.

Dann löste der Chef die Spannung, fuhr den linken Arm in eine natürliche Position, so dass die Schulter entspannt lag.

Vor meinen Augen griff er zum Skalpell und eröffnete die Schulter. Ich wollte nicht hinsehen, doch ich war viel zu fasziniert um wegzusehen.

"Mist!", fluchte der Chef laut und herzhaft. Er winkte den Betreuer zu sich heran. Mit zwei Wundhaken hatte er das Operationsfeld freigelegt. Schüchtern sah der Betreuer hinein.

"Hm, was ist denn das?", wunderte sich der Chef und bohrte etwas tiefer in der Schulter. Mir wurde übel und ich hoffte wirklich, dass er bald fertig werden würde.

Ganz ruhig erklärte der Chef was alles nicht richtig war, flickte es, sorgte dafür, dass die Blutung stoppte und schloss anschließend die Wunde.

"Normalerweise arbeite ich bei solchen OPs lieber blutleer.", erklärte er dann noch. "Aber nachdem es schon so aussah, als ich kam, gab es keine andere Möglichkeit mehr." Lächelnd sah er mich an.

"Es wird alles wieder."

Dann öffnete sich die Tür der Folterkammer und zwei bewaffnete Soldaten standen in der Tür. Der

Chef winkte sie zu sich heran. Ich merkte, wie ich unruhig wurde - doch der Chef schüttelte leicht seinen Kopf, als er mich ansah. Dann winkte er meinen Betreuer zu sich heran.

"Komm - mein Bester. Ich hatte dich vor die Wahl gestellt - entweder sie oder du." Ich sah, wie der Betreuer erbleichte. "Da sie" - damit deutete er auf mich - "ja nun erst mal komplett ausfällt, bist du an der Reihe."

Auf ein Zeichen vom Chef ergriffen die Soldaten seine Handgelenke und legten ihm Handschellen an. Ich sah noch wie er zu zittern begann. Er wollte etwas sagen, schien es sich dann aber anders zu überlegen und schloss den Mund wieder.

"Bringt ihn runter in die Anatomie."

Sagte der Chef und die Soldaten führten den Betreuer ab.

Kapitel 2

Ich kam wieder zu mir in einem Nebel aus Betäubungsmittel und dem Duft scharfer Krankenhausreiniger.

Verwirrt sah ich mich um. Ich war nicht wieder in die Zelle gebracht worden, sondern lag in einem Krankenzimmer. Die Fenster waren zwar vergittert, aber es war besser als die kleine stinkende Zelle. Meine linke Schulter war dick bandagiert. Und beim Atmen spürte ich einen stützenden Verband an den Rippen.

Verwundert wollte ich nachdenken, aber ich war gar nicht in der Lage dazu. Zum einen bekam ich gerade höllische Kopfschmerzen, zum anderen kam in dem Moment der Chef herein.

"Hallo Lieblingssklavin.", begrüßte er mich fröhlich.

Völlig verwirrt schaute ich ihn nur an - was wollte er?

"Ich glaube mit dir ist einiges schiefgelaufen, seitdem du hier bist.", fuhr er dann fort. Als er meinen Blick bemerkte fragte er nach.

"Du weißt doch wo und wer du bist, oder?"

Spontan wollte ich nicken - dann dachte ich kurz nach. War das ein Test? Was wollte er hören?

Also antwortete ich: "Im Moment nicht so genau. Ich denke, ich bin eure Sklavin - aber ihr habt mich bisher nur gefoltert und in eine Zelle gesperrt. Wie ich hierher kam - weiß ich im Augenblick nicht."

Erst nachdem ich geantwortet hatte, fiel mir seine Formulierung auf. Er hatte "wer du bist" gefragt und nicht "was du bist". Die zweite Formulierung wäre aber die Richtige für eine Sklavin gewesen. Ängstlich blickte ich ihn an und mein Herz schlug bis zum Hals.

"Fangen wir nochmal von vorne an."

Er lächelte leicht, stand auf und ging kurz hinaus. Als er wiederkam, lächelte er noch immer.

"Guten Morgen! Wie geht es Dir?", fragte er freundlich.

Verwundert nickte ich - was sollte das Ganze hier - und murmelte "ganz gut."

"Meine Schulter fühlt sich merkwürdig an - und die Rippen knacken bei jedem Versuch tiefer einzuatmen. - Es ging mir aber schon schlechter. Also mach dir keine Sorgen."

Zu spät bemerkte ich, dass ich den Chef geduzt hatte - erschrocken hielt ich den Atem an. Aber er ließ sich nicht stören und tat großzügig, als ob er es nicht gehört hätte.

"Wer bist du?", fragte er dann. Dabei sah er mir fest in die Augen und es war kein Lächeln mehr zu sehen.

"Wir haben dich als Arbeitssklavin eingekauft - aber du bist nicht das, was du vorgibst zu sein."

Verwirrt sah ich ihn nun an. In meinem Kopf dehnte sich eine leere aus. Als ich weiter schwieg, griff er in seine Tasche und holte eine durchsichtige Plastikdose heraus. In dieser Dose befand sich ein Projektil.

"Das habe ich in deiner Schulter gefunden.", er hob die Dose vor mein Gesicht und klapperte leise. "Mag sein, dass unsere Folter sie in Bewegung gesetzt hat - Aber normalerweise haben Sklaven keine Schussverletzungen."

Ich schluckte und schwieg.

Verdammt - was sollte ich jetzt nur machen? Der Plan schien am Anfang so einfach und doch verrückt. Einige hatten mir abgeraten, aber ich hatte einen Eid geschworen. Und so war ich bereit für diesen Job einfach alles zu geben: ich war bereit, Dienste und Arbeiten zu verrichten, die niemand sonst machen würde; ich war bereit zu leiden, wenn es gewünscht oder erwartet wurde - ich war sogar bereit mich foltern zu lassen (als ob man da je die Wahl hätte) - aber ich wusste, dass es auf mich zukam und ich akzeptierte die Gefahr und war bereit die Schmerzen zu ertragen - wenn es der einen Sachen diente.

Doch jetzt sah es mit einem Schlag ganz anders aus.

Und jetzt?

Der Chef saß noch immer an meinem Bett. Er hatte mich ganz genau beobachtet. Und ich hatte das Gefühl, er hätte meine Gedanken gelesen.

"Ja, was machst du nun?" fragte er mich leise.

Er nahm meine gesunde Hand in seine Hände. Ich hasste es angefasst zu werden und die Folter der vergangenen Tage hatte es nicht besser gemacht.

So verkrampfte ich mich zunächst. Aber der Chef strömte so viel Wärme aus und seine Berührungen waren unaufdringlich, dass ich bald entspannte.

"Ich denke du hast zwei Möglichkeiten.", sagte er dann, "Erstens: Du erzählst mir freiwillig, was du hier willst - warum du hier bist. Jetzt und hier. - Dann sehen wir weiter.

Ich verspreche dir, dass dir in dem Fall nichts weiter geschieht. Ob du hierbleibst oder verkauft wirst, entscheidet sich dann - je nach dem, was du tatsächlich erzählst."

Er machte eine Pause, sah mir in die Augen und spürte wie meine Hand zuckte.

Die zweite Möglichkeit ist, du erzählst nichts freiwillig. Dann haben wir Mittel und Wege dich zum Reden zu bringen- chemische, biologische und mechanische. Einige hast du ja schon kurz kennengelernt. - Und glaube mir Du wirst reden. Keine Ausbildung der Welt ist so gut, dass du meiner Folter lange widerstehen könntest."

Seine Stimme hatte ganz normal geklungen. Er war sich seiner Sache sehr sicher. Würde ich mit einer Lügengeschichte mich hier herauswinden können? War der Schmerz einen Versuch wert - sollte ich es einfach darauf ankommen lassen?

"Es gibt noch eine dritte Möglichkeit..." begann ich langsam.

"Ja, klar die gibt es..." fiel mir der Chef lächelnd ins Wort

"Aber dafür bist du gar nicht der Typ - und wir werden es schon verhindern, dass du dich selbst richtest."

"Jeder in unserem Beruf hat seine eigenen Pläne für den "Final Cut" - doch ihn umzusetzen, ist eine andere Nummer"

... in unserem Beruf... - was wusste er schon?

Leise klapperte er mit der Dose - das Projektil...

Wissend nickte er.

"Ich kenne die Waffe, aus der diese Kugel abgefeuert wurde. Und ich weiß auch wann und wo sie ungefähr ihr Ziel erreicht hat. Also sollte Deine Story irgendwie dazu passen."

Er drückte meine Hand, ließ sie dann los und stand auf.

"Du musst dich nicht gleich entscheiden. Ich gebe dir bis Morgen Mittag Zeit." Sagte er dann. "Wenn du freiwillig reden möchtest - dann bitte die Wahrheit - zumindest deine subjektive Wahrheit und keine billige Lügengeschichte. Enttäusche mich nicht und verkaufe dich nicht unter deiner Würde."

Er streichelte mir kurz über die Stirn und schien noch etwas sagen zu wollen, aber er drehte sich stumm um und verließ das Zimmer.

Kapitel 3

Lange saß ich regungslos und dachte nach.

Wusste ich wirklich nicht wie ich hierhergekommen war? Was war mit mir geschehen - wer war ich?

Viel schlimmer - ich wusste nicht, was der Chef wusste. Was wusste er wirklich? Wem konnte meine Wahrheit schaden? Oder konnte ich vielleicht doch mit einer dreisten Lüge durchkommen?

Ich wusste es nicht - und Grübeln brachte mich auch nicht weiter. Im Gegenteil ich wurde nur noch nervöser.

Letzten Endes kam ich zu dem Entschluss, es mit der Wahrheit zu versuchen. Ich wollte so viel sagen, wie ich konnte. Und sie konnten mich ja nicht dafür bestrafen, wenn ich mich nicht erinnern konnte.

Aber an was konnte ich mich erinnern? Wenn ich genauer nachdachte, hatte ich das Gefühl schon immer eine Sklavin gewesen zu sein. Waren meine Eltern auch Sklaven?

Und doch hatte ich gleichzeitig das Gefühl, dass es noch mehr gab. Dies hier war nicht alles. Tief in mir gab es ein anderes ich. Doch wenn ich versuchte es zu erreichen wurde ich blockiert. So bildeten sich vor meinem inneren Auge ständig überlappende Bilder. Und so sehr ich mich auch bemühte – ich konnte die Ebenen nicht trennen.

Stöhnend rieb ich mir den Kopf.

Die Folter kam so oder so - dessen war ich mir sicher.

Ich kannte ihre Foltermethoden und hatte dem nichts entgegen zu setzten. Vielleicht wurde es nicht ganz so arg, wenn ich "guten Willen" zeigte. Gleichzeitig wurde mir klar, dass das absoluter Blödsinn war. Es gab keine harmlose Folter. Insbesondere keine, die jemanden zum Reden bringen sollte. Ich glaubte doch wohl wirklich nicht, dass die Peitsche mit halber Kraft geschlagen wurde, nur weil ich vorher versucht hatte etwas zu verraten.

Nein, so ging das nicht...

Oder sollte ich mich doch wehren? Dann wäre wenigstens meine Ehre noch intakt. Denn alles, was ich unter Folter verriet, konnte mir später nicht angelastet werden.

Sollte ich es darauf ankommen lassen?

Aber die Kugel aus meiner Schulter...

Wenn er wirklich wusste, woher sie stammte, dann brachte es eh nichts. Dann brauchte er nur eine Bestätigung und es war alles ein Test.

Nur leider konnte ich mich nicht erinnern. Was also sollte ich ihm erzählen?

So kam ich nicht weiter. Als die Nachtschwester kam und das Tablett mit dem restlichen Essen abholte, bat ich um eine Schlaftablette. 10 min. später brachte sie sie mir und keine 5 min. später schlief ich tief und fest in Morpheus Schoß.

Nach einer kurzen Nacht war es dann soweit. Sanft wurde ich vom Chef geweckt.

"Und?", fragte er "Wie hast du dich entschieden?"

"Ich würde es mit dem Reden versuchen.", antwortete ich verschlafen. Gleichzeitig merkte ich, wie schwer mir diese Antwort fiel. Kaum hatte ich sie ausgesprochen, fühlte ich mich elend.

Auch der Chef schien mit einer anderen Antwort gerechnet zu haben und sah mich fragend an. Mein Herz schlug bis zum Hals - was würde jetzt geschehen?

Der Chef hob beide Augenbrauen und sagte dann: "Gut, dann komm." Er wartete, bis ich angezogen war. Beim linken Arm half er mir damit ich die Schulter nicht zu sehr belasten musste.

Er selbst führte mich durchs Gebäude zu einem Verhörraum. Dabei verzichtete er auf jegliche Fesselungen. Auf dem Weg besorgte er mir noch ein Frühstück und sogar an einen Tee dachte er. Beides stellte er auf den Tisch im Verhörraum.

Vor dem Tisch stand ein Stuhl mit angeschweißten Ketten. Auf diesen Stuhl setzte ich mich und er verband die Ketten mit meinen Handgelenksfesseln. Auch am Boden waren Ketten. Diese wurden an meinen Ringen an den Fußgelenken befestigt.

Ich dachte kurz über die Unlogik nach - in offenem Gelände bekam ich keine Fesseln, aber in einem geschlossenen Raum schon.

Die Ketten waren zum Glück lang genug, dass ich die Hände auf meinen Schoß legen konnte und auch an das Essen auf dem Tisch kam ich an. Ansonsten versuchte ich die Fesseln zu ignorieren. Es brachte ja auch nichts, sich jetzt darüber aufzuregen.

Unsicher sah ich mich in dem Raum um. Außer dem Tisch und meinem Stuhl befanden sich noch zwei weitere Stühle gegenüber dem Tisch. Die mir gegenüberliegende Wand war eine verspiegelte Glasscheibe. Klar warteten dort hinter die Kollegen des Chefs. Ich widerstand der Versuchung fröhlich zu winken. An der Decke hing eine automatische Kamera, die sich auf mich ausrichtete, sobald ich mich bewegte.

Als der Chef wieder hereinkam, zoomte die Kamera auf ihn und schwang dann gleich wieder zu mir zurück. Also verfügte die Kamera über eine Gesichtserkennung. Er setzte sich gegenüber von mir hin und beobachtete mich.

"Jetzt iss erst mal.", forderte er mich auf. "Wer weiß, wann wir wieder dazu kommen." Damit nahm er sich ein Brötchen und biss herzhaft hinein.

Mir drehte sich der Magen um, wie ich ihn da so sitzen sah. Ich glaube nicht, dass er es mit Absicht machte, aber ich konnte in seiner Gegenwart nichts essen. Lediglich den Tee griff ich mir. Ich löste den Deckel von dem Becher ab. Ich mochte noch nie aus diesen Plastikdeckel trinken und gerade bei Tee war es mir wichtig, dass ich ihn erst riechen konnte, bevor ich ihn trank. Also hielt ich meine Nase tief in den Becher und fühlte mich gleich viel besser. Vorsichtig probierte ich einen Schluck. Und der Tee schmeckte.

Dann legte der Chef seine Serviette beiseite und sprach direkt in die Kamera: "Beginn der Vernehmung, Sklave Nr. D7A253791, weiblich - 8.34 Uhr." Er sah mich auffordernd an. "Dann leg mal los."

Ich versuchte etwas zu sagen, aber ich konnte nicht. Ich brachte nicht das einfachste Wort heraus. Nervös zerrte ich an den Ketten. Ich wünschte der Chef würde eine Frage stellen, damit ich antworten konnte. Vielleicht würde es dann gehen. Irgendetwas löste in meinem Kopf eine Blockade aus

"Es tut mir leid." Ich sah den Chef verzweifelt an "Aber ich kann nicht."

Der Chef sah mich böse an: "Wenn Du denkst, so Zeit zu schinden, hast du dich geirrt. So machst du es dir bestimmt nicht leichter. Entweder du fängst jetzt wenigstens mit deinem richtigen Namen und deiner Matrikel Nummer an, oder wir brechen hier ab und gehen zwei Räume weiter."

Ich versuchte es wieder und wieder ging es nicht. "Mein Name ist...", begann ich und konnte nicht weiter. Der Schweiß lief mir in Strömen über den Rücken und durchs Gesicht. Verwundert sah ich den Chef an: "Ich kann meinen Namen nicht aussprechen - ich kann ihn nicht mal denken."

37

Der Chef sah mich noch immer wütend an: "Kannst du nicht oder willst du nicht?" Ich war inzwischen schon am Zittern, trotzdem wurde ich jetzt auch wütend auf den Chef.

"Glaubst du vielleicht, ich spiele dir hier was vor?" fuhr ich ihn an. Der Chef holte einen Elektroschocker hervor und verpasste mir einen schmerzhaften Stoß an der rechten Schulter. Wütend schrie ich auf.

"Ich weiß auch so, was mir blüht, wenn ich nicht rede." Ich war der Panik nahe. "So blöd bin ich auch nicht, dass ich euch erst wütend mache!"

Er griff nach meinen Handgelenken und hielt sie fest. Mir liefen die Tränen übers Gesicht und vermischten sich mit dem Schweiß von der Stirn. Der Chef sah mir tief und fest in die Augen. Dann wandte er sich nachdenklich ab. Zum Spiegel hin machte er eine eindeutige Geste. Er schnitt mit der Hand vor der Kehle.

"Na, toll!" dachte ich "Das war's dann jetzt!"

Dann schaltete er die Kamera ab und setzte sich wieder zu mir.

"Wie hoch hast du eigentlich gedient? Und für wen hast du gearbeitet?", er winkte ab, als er bemerkte, wie ich erneut an meinen Fesseln zerrte. "Hör endlich auf damit - du machst mich irre."

"Bis gerade habe ich gedacht, du wärst in der mittleren Ebene gewesen - aber, wenn du jetzt tatsächlich nicht reden kannst..." er machte eine Pause und überlegte selber. "...dann musst du zur Führungsebene gehören und hast eine Kommandokonditionierung."

"Eine was?" fragte ich.

"Eine Kommandokonditionierung - selbst, wenn du willst - du kannst nichts sagen. Und da bei dir auch schon der Name geschützt ist, muss auch er etwas bedeuten.", antwortete er nachdenklich.

"???", ich wurde immer verwirrter und mein Kopf schmerzte. Stöhnend griff ich an meine Stirn.

"Ja, auch das ist normal.", nickte er mir zu.

"Wir werden jetzt erst mal deine DNA und dein EEG checken - vielleicht hatten wir dich schon mal hier."

Damit verließ er den Raum und kehrte nach einem kurzen Augenblick mit einer Krankenschwester wieder. Sie nahm vorsichtig - aber bestimmt - meinen rechten Arm und begann mir Blut abzunehmen. Ich sah dem Chef dabei in die Augen.

Doch ich konnte nichts darin lesen. Innerlich war ich total aufgewühlt - ich war wütend - auf mich selbst und auf die, die mir dies hier angetan hatten.

Anschließend wurde ich von Uniformierten Soldaten wieder in meine Zelle gebracht. Dort ließen sie mich vorerst in Ruhe. Ich knautschte mich in eine Ecke und wünschte ich wäre niemals hierhergekommen.

Aber hatte ich eine Wahl gehabt? Hatte ich denen nicht gleich gesagt, der Plan sei Wahnsinn und nicht durchführbar. Und doch hatte ich mich bei meiner Ehre packen lassen. Ich hatte den Fahneneid geschworen und mich ausbilden lassen - und so war ich ihnen ausgeliefert und musste tun, wofür ich ausgebildet war - ob es mir (persönlich) nun gefiel oder nicht.

Kapitel 4

Zwei Tage später bekam ich wieder Besuch vom Chef. Bis dahin hatten sie mich in Ruhe gelassen. Und so fühlte ich mich tatsächlich erholt. Meine Rippen merkte ich kaum noch, nur die Schulter machte mir noch ordentlich Probleme.

Der Chef gab seinen zwei Begleitern ein Zeichen. Diese traten auf mich zu, sammelten mich vom Boden auf und stellten mich aufrecht hin. Ich neigte meinen Kopf nach vorn und wagte es nicht dem Chef in die Augen zu sehen. Trotzdem spürte ich seinen Blick auf mir ruhen.

"Herzlich willkommen - zurück.", begrüßte er mich.

Erstaunt sah ich jetzt doch auf. Was meinte er?

"Die Überprüfung deiner DNA hat ergeben, dass wir dich tatsächlich schon einmal hier zu Besuch hatten."

Wieso erinnerte ich mich nicht?

"Damals wurdest du freigekauft, aber wir hatten dich vorher so gefoltert, dass du eigentlich nicht wieder auf die Beine kommen konntest.", der Chef machte eine Pause und sah mich intensiv an. "Stellt sich also die Frage, wieso du jetzt wieder hier bist und wie du es geschafft hast."

Ich schwieg weiter. Was sollte ich auch sagen? Ich erinnerte mich nach wie vor nicht.

Mein Herz schlug jedoch bis zum Hals und ich hatte fürchterliche Angst, was nun mit mir geschehen würde. Ich starrte stur nach unten.

"Sieh mich wenigstens an.", bat der Chef in einem seltsamen Tonfall, der mich aber besser gehorchen ließ.

Ich sah auf und dem Chef genau ins Gesicht. In seinen Augen spiegelte sich meine Angst wieder. Sanft fasste er mich bei den Schultern.

"Sag du mir, was ich nun mit dir machen soll?", fragte er mich dann.

"Töte mich.", sagte ich leicht trotzig, "Dann haben wir es hinter uns. Ihr seid mich los und könnt wieder euren Geschäften nachgehen und ich stehe niemandem mehr im Weg."

"Ja, das hatte ich mir auch schon überlegt.", antwortete der Chef nachdenklich. "Es wäre tatsächlich das einfachste."

Dann machte er eine lange Pause und es sah aus als würde er darüber nachdenken, den Plan gleich in die Tat umzusetzen. Im Stillen rechnete ich damit, dass er gleich einen entsprechenden Befehl geben würde.

Schließlich atmete er tief durch und ließ mich los.

"Dann würde ich aber nicht mehr über dich herausfinden. Und alle meine Fragen würden unbeantwortet bleiben.", sagte er schließlich. "Nein, erst mal brauchen wir eine andere Lösung. - Töten kann ich dich immer noch."

Daraufhin gab er den Soldaten einen Wink und sie führten mich hinaus. Er selber blieb noch einen Augenblick länger stehen und folgte dann langsam und nachdenklich.

Ich wurde natürlich wieder in eine Folterkammer gebracht. Vielleicht zum letzten Mal? In mir keimte die Hoffnung, dass dies nun wirklich endgültig die letzte Folter war, die ich ertragen musste. Vielleicht war der Chef jetzt so scharf hinter den Informationen her, dass er jede Vorsicht vergaß und er die falschen Mittel oder die falsche Dosierung nahm. Gleichzeitig hatte ich die Hoffnung, dass mein Verstand nicht allzu lange mitmachen musste. Danach war hoffentlich nicht mehr genug übrig. Aber richtige Folter konnte schon die erste halbe Stunde dich um den Verstand bringen. Ich fürchtete mich vor der Agonie und dem späteren nochmaligen Durchleben.

Je länger ich warten musste, umso größer wurde meine Anspannung. Dann hörte ich auf dem Flur Schritte, die sich der Tür näherten. Mein Herz begann wieder wie verrückt zu hämmern - es schmerzte richtig. Nach außen versuchte ich cool zu wirken und doch wusste ich meine Pulsadern verrieten meine Angst. Gleichzeitig hörte ich Stimmen, die lebhaft diskutierten. Ich bereitete mich auf den ersten Kontakt vor - aber nichts geschah. Die Schritte und Stimmen verhallten wieder. Ich atmete kurz durch.

Plötzlich öffnete sich hinter mir eine Tür und der Chef stand mit zwei weiteren Personen im Raum. Erschrocken war ich aufgesprungen und sah den Chef mit großen Augen an.

"Weißt du," sprach er mich an, "Eigentlich habe ich keine Lust dich zu Foltern."

Verwirrt sah ich ihn an. Was hatte er jetzt vor?

"Du hast recht, mit dem was du sagst.", fuhr er dann fort. "Seitdem du hier bist - und das ist immerhin schon fast ein halbes Jahr - bist du wirklich nur gefoltert worden. Ich denke es reicht - für' s erste. Irgendetwas ist da grundsätzlich schiefgelaufen."

Der Chef atmete tief durch und ich hatte das Gefühl, er wollte noch mehr sagen. Aber er zuckte nur mit den Achseln.

Was war denn das jetzt?

Er sah seine beiden Begleiter an. Beide grinsten. Aber es war kein fröhliches Grinsen. Es ließ mir das Blut in den Adern gefrieren. Auf einen Wink vom Chef, packten sie mich und zerrten mich aus dem Raum. Ich war viel zu überrascht, um überhaupt zu reagieren. Sie brachten mich in ein anderes Gebäude und dort ketteten sie mich im Hausflur an.

Es war kalt und ich fror fürchterlich. Wieder wartete ich einige Zeit. Meine Finger verkrampften in der Kälte und ich spürte wie meine Lippen taub vor Kälte wurden. Mein Atem kondensierte in kleinen Nebelwolken.

Kapitel 5

Als ich das Gefühl hatte kurz vorm Erfrieren zu sein (ich hatte das Zittern lange hinter mir), öffnete sich eine Tür zum Inneren dieses Gebäudes. Zwei freundliche Frauen nahmen mir die Fesseln ab und führten mich hinein. Drinnen erwartete mich eine wohlige Wärme, die auf der Haut schmerzte.

Sie brachten mich in ein Zimmer mit noch einigen anderen Frauen und Mädchen. Neugierig wurde ich von allen beobachtet. Dann bat die älteste von den Frauen um etwas Ruhe für mich. Sie nahm mir sämtliche Fesseln und Verbände ab. Es fühlte sich ganz seltsam an, nach über einem halben Jahr wieder ohne Fesseln zu sein. Ich rieb mir die Handgelenke.

Hatte ich zu Anfang gedacht, ich würde die Fesseln nie akzeptieren können - fühlte es sich jetzt ohne Fesseln falsch an.

Sie führte mich in einen separaten Raum und gab mir auch Essen und Trinken. Das Essen war köstlich und das Trinken war das beste was ich je hatte. Genüsslich nahm ich mir noch eine Handvoll getrockneter Früchte und wollte mich zurückziehen, aber niemand verstand mich. Verwundert sah ich mich um - sprach denn hier niemand Arabisch oder Englisch? Konnten sie mich nicht verstehen oder durften sie es nicht?

Es war mir jetzt erst mal egal. Ich spürte, wie mein Körper nach Schlaf verlangte. Es war wie in einem Traum hier und so ging ich zu der älteren Frau bedankte mich für das Essen und Trinken und wollte zu Bett gehen.

Doch sie ließ mich nicht gehen. Sie führte mich in den nächsten Raum und zupfte an meiner Kleidung. Ich verstand und zog mich mit einem seltsamen Gefühl aus. Was wollten sie von mir?

Als ich mich entkleidet hatte, führten sie mich einen Raum weiter. Dort befand sich ein wirklich riesiges Badezimmer mit einer Badewanne in der Größe eines Pools. Es duftete nach teurem Schaumbad. Zwei von den anderen Frauen brachten mich ins Wasser und setzten sich links und rechts neben mich. Die ältere Frau zog sie an einem Glockenstrang und herein kamen zwei gutaussehende junge Männer nur mit einem kurzen Schurz bekleidet, der eigentlich mehr verriet, als er bedeckte. Die Männer nickten der älteren Dame ehrerbietig zu, nahmen goldene Schüsseln mit Schwämmen und stiegen zu mir in die Wanne.

Dann begannen sie mich zu waschen. Zuerst war es mir unangenehm, aber die Sklaven waren dabei so unaufdringlich und geradezu unschuldig, dass ich mich bald entspannte und das Bad in vollen Zügen genoss. Die beiden Frauen unterstützten die Männer bei ihrer Tätigkeit. Sie stützten mich und hielten meine Hände fest, damit ich mich nicht selber wusch. Anschließend stieg ich aus der Wanne und auch dort erwartete mich ein weiter Sklave mit einem kuscheligen und flauschigen Handtuch von der Größe eines Bettlakens. Ehrerbietig hüllte er mich in das Handtuch, verbeugte sich leicht und verschwand.

So gereinigt wollte ich endlich zu meiner Schlafstelle gehen. Aber noch immer durfte ich nicht alleine weitergehen. Als nächstes wurde ich eingecremt und anschließend wurden mir die Haare getrocknet. Dann endlich wurde ich von der älteren Dame aus dem Bad begleitet - zwei weitere Frauen folgten uns unaufgefordert. Zunächst brachten sie mich in einen Raum mit Kleidung. Dort wählten sie ein Nachthemd aus Seide für mich aus, dazu bekam ich einen Morgenmantel gereicht, der Innen aus kuscheligem Frottee und außen aus einem bunten Brokat bestand. Erst als ich es angezogen hatte, führten sie mich zu meinem Bett. Ich legte mich hinein und wurde wie ein kleines Kind zugedeckt.

Verwundert, aber wundervoll entspannt schlief ich ein.

Kapitel 6

Am nächsten Morgen wurde ich mit leiser Musik geweckt. Langsam öffnete ich die Augen und fühlte mich so gut wie schon lange nicht mehr. Ich wollte mein Gehirn nicht mit irgendwelchen blöden Gedanken belasten - und doch... was sollte das hier?

Kurz nach dem Wecken wurde ich abgeholt und eingekleidet. Ich bekam reich verzierte Gewänder (anders kann man sie nicht bezeichnen - einfach nur Kleidung wäre dem nicht gerecht gewesen) - ein Gold besticktes Oberteil in Jadegrün und dazu einen langen weiten Wickelrock. Um die Schulter wurde mir eine ebensolche Stola gelegt. Als ich fertig war, kam die ältere Frau und musterte mich eingehend. Sie schnippte mit den Fingern und ein Sklave kam mit einem goldenen Tablett. Darauf lagen verschiedene Schmuckstücke. Sie wählte eine fast übertriebene Kette und einige goldene Armbänder aus. Diese legte sie mir an. Anschließend kam eine der anderen Frauen und kämmte mir die Haare und bildete aus meinem Haar eine kunstvolle Frisur. Zum Abschluss bekam ich zwei goldene Spangen mit großen Spiralen um die Oberarme gelegt.

Dann endlich war ich fertig. Die ältere Frau nahm mich am Arm und führte mich in einen Speisesaal. Dort gab es ein reichhaltiges Frühstücksbuffet - ich nahm zumindest an, dass es Frühstück sein sollte. Die darauf befindlichen Speisen waren so reichhaltig und vielfältig, dass es auch für den ganzen Tag reichen konnte.

Nachdem ich fertig mit essen und trinken war, setzte ich mich entspannt zurück. Ich versuchte mich mit den Kleidern zurecht zu finden. Aber das war nicht so ganz einfach. Bisher hatte ich noch nie gerne Kleider getragen. Und in meinen Berufen hatte ich auch ehr in Uniform mit Hose oder Kampfanzüge getragen. Das Gefühl jetzt war nicht schlecht - es nervte auch nichts, drückte oder zwickte - es war einfach nur ungewohnt. Die ältere Frau kam und führte mich in einen größeren Saal, indem mehrere Frauen saßen. Alle waren ähnlich gekleidet und geschmückt worden. Sie saßen auf großen Sofas um eine einzelne Frau herum. Diese las aus einem Buch vor. Einige andere hatten Handarbeiten vor sich oder stickten an großen Bildern auf Stickrahmen. Die ältere Frau deutete mit einer Handgeste mir, mich in die Mitte der Frauen zu setzten. Also ging ich zu ihnen und setzte mich zu der Vorleserunde. Sie lächelten mir schüchtern zu und konzentrierten sich dann wieder auf ihre jeweilige Arbeit - oder aber auf die Geschichte. Von Zeit zu Zeit stand eine der Frauen auf und ging hinaus. Kam nach zehn bis zwanzig Minuten wieder herein. Von der Geschichte verstand ich gar nichts, sie las in einer Sprache vor, die ich auch nicht annähernd zuordnen konnte. Egal - ich legte mich entspannt zurück und lauschte dem schönen Klang der Stimme, schaute dabei aus der großen Glasfront in den wunderschönen Garten und ließ meine Seele baumeln.

Kapitel 7

So vergingen die Tage und ich erholte mich zusehends. Fast vergaß ich, warum ich hier war.

Eines Tages wurde ich heraus gewunken. Die ältere Frau führte mich zu einem abseits gelegenen Raum und deutete auf einen Sessel. Ich setzte mich und wartete. Je länger ich wartete umso nervöser wurde ich. Denn auch wenn ich mich in der letzten Zeit gut erholt hatte, so blieb doch in meinem Hinterkopf, wie ich hierhergekommen war.

Mein Instinkt täuschte mich auch diesmal nicht. Nach ewig erscheinenden 15 Minuten kam der Chef herein.

Aber auch er war anders gekleidet als ich ihn sonst kannte. Er trug einen schicken italienischen Maßanzug, in dem er verdammt gut aussah. Dazu ein weißes Hemd mit schwarzen Knöpfen. Er duftete nach teurem Eau de Toilette. Ich fühlte wie ich zu zittern begann, kaum dass er den Raum betreten hatte. Schnappend holte ich Luft.

"Komm!", sagte er zu mir und streckte mir die Hand entgegen.

Ich hatte ein so flaues Gefühl im Magen, dass ich kaum aufstehen konnte. Als ich die Hand des Chefs ergriffen hatte, veränderte sich dieses Gefühl. Ich spürte plötzlich ein inniges Verlangen nach dem Chef. Verwundert schüttelte ich mich. Was war hier los? Er schaute mir tief in die Augen und ich fühlte, wie mir ein verlangender Schauer durch den Körper lief.

Ich konnte ihm nicht ins Gesicht sehen. Das war mir jetzt doch zu peinlich. Er holt mich zur Folter ab und mein Körper plagt ein erotisches Verlangen. Willenlos ließ ich mich vom Chef durch die Gebäude führen. Die ganze Zeit über hielt er mich bei der Hand - nicht fest oder grob - sondern zärtlich. Ab und zu kitzelte er mit seinen Fingern in meiner Handfläche. Dann sah er zu mir herunter und lächelte mich an. Meine Verwirrung wuchs mit jedem Meter und mit jeder verstreichenden Minute. Zu gerne hätte ich ihm meine Hand entzogen, aber er hielt mich fest.

Schließlich hatten wir unser Ziel erreicht. Wir standen vor einer schlichten weißen Tür, die sehr massiv aussah.

"Na toll..." dachte ich und atmete schwer durch.

Hinter dieser Tür erwartete ich wieder eine Folterkammer, weiß gekachelt, steril ausgestattet.

Der Gefangene sollte sich schließlich nicht infizieren. ...

Als er die Tür aufschloss, wäre ich am liebsten weggelaufen. Mutlos blieb ich stehen. Der Chef schob mich sanft in den Raum hinein.

Zitternd betrat ich den Raum. Ich hatte die Augen geschlossen und wollte nicht sehen, was mich erwartete. Der Chef drückte meine Hand. Langsam öffnete ich die Augen. In dem Raum herrschte ein angenehmes halbdunkel. Als sich meine Augen daran gewöhnt hatten, erkannte ich, dass es sich nicht um eine Folterkammer handelte - aber wo war ich dann?

Der Raum war orientalisch geschmückt, mit vielen Gold-, Lila- und Rot-Tönen ausgestattet. Ein schwerer aromatischer Duft schwebte durch die Luft. Vor einem Kamin standen zwei gemütliche, weitausladende Sessel. Dorthin brachte er mich. Dann brachte ein Diener eine leckere Mahlzeit. Wir setzten uns Gegenüber. Das Essen war wirklich lecker. Es gab eine klare Gemüsesuppe zur Vorspeise, als Hauptspeise ein Filetsteak an Spargel und Pastinaken Creme. Der Nachtisch war schließlich ein Zitronensorbet mit Champagner aufgefüllt. Ich genoss das Essen in vollen Zügen. Während des Essens gab es kaum Konversation.

Ein paarmal startete der Chef einen Versuch, aber meine Antworten blieben einsilbig und so verfiel auch er in ein stummes Schweigen.

Genüsslich schlürfend leerte ich den letzten Rest des Nachttischs. Dann stellte ich das Glas auf den Tisch und lehnte mich im Sessel zurück. Dem Chef schien es ähnlich zu gehen. Auch er lehnte sich im Sessel zurück. Dann sah er mich mit seinen hypnotischen blauen Augen an.

"Tja, was mach ich jetzt nur mit dir?", fragte er mich. "Wir sind immer noch nicht wirklich weiter..."

Nervös rutsche ich auf meinem Sessel hin und her. Was kam jetzt. Es war ja klar, dass er mich hier nicht einfach nur zu einem romantischen Dinner eingeladen hatte. Hoffentlich bemerkte er nicht, was mich wirklich beschäftiget. So saßen wir eine Zeitlang schweigend nebeneinander. Jeder hing seinen eigenen Gedanken nach. Fast hoffte ich, dass er mich jetzt gleich wieder zu den anderen Frauen bringen würde.

Ich war vollkommen verwirrt. Warum war ich jetzt hier? Einen Gedanken an eine mögliche Folter brachte ich in dieser Atmosphäre nicht zustande. Aus den Augenwinkeln heraus musterte ich den Chef unauffällig.

Er saß völlig entspannt. Seine Muskeln spiegelten sich unter seiner Kleidung. Allein der Umfang der Oberarme machte mich nervös. Was musste das für ein Gefühl sein von seinen starken Armen sanft gehalten zu werden? Ich versuchte mich wieder zu beruhigen.

Genau in diesem Moment sah er mich an. Er seufzte als sich unsere Blicke trafen. Sein Blick drang durch meine Augen bis tief in meine Seele.

Ohne den Blick von mir zu nehmen, stand er auf und kniete sich vor meinem Sessel nieder. Ich konnte meinen Blick nicht von ihm abwenden. Mein Mund wurde ganz trocken. Seufzend begrub er seinen Kopf in meinem Schoß und zog genüsslich die Luft ein.

„Weißt du eigentlich, wie gut du riechst?", fragt er mich mit einem schelmischen Lächeln um die Augen.

Überrascht holte ich tief Luft – mein Puls raste. Zärtlich begann er meine Oberschenkel zu streicheln.

Bei der ersten Berührung zuckte ich wie von einem elektrischen Schlag getroffen zusammen. In meinem Gehirn flammte für den Bruchteil einer Sekunde ein "Nein!" auf.

Ich wollte um mich treten - mich wehren.

Dann entspannte ich mich wieder und dachte "Warum eigentlich nicht? Und der Chef machte im Moment auch nicht den Eindruck eines Monsters..."

Ehrlich gesagt war mein "Letztes Mal" schon viel zu lange her. -Wann war es überhaupt? Und mit wem? Verwirrt schüttelte ich meinen Kopf.

Erst jetzt bemerkte ich den Blick vom Chef auf mir ruhen. Er hatte aufgehört und sah mich abwartend an.

„Alles Okay?", fragte er besorgt. Ich atmete kurz durch und wollte es ihm erklären, aber irgendwie befürchtete ich, dass es die Stimmung zerstört hätte. Also nickte ich kaum merklich.

Daraufhin fuhr er mit seinen Händen meine Oberschenkel hinauf, streichelte mir sanft über den Bauch und arbeitete sich bis zu meinem Mund rauf. Als unsere Lippen sich das erste Mal voller Leidenschaft trafen, war es um mich geschehen. In meinem Gehirn beginnt ein sanftes Gewitter. Immer wieder flammen kurze Blitze auf und in der Ferne ist ein leichtes Donner-Grollen zu hören.

Der Chef ist jetzt so fordernd – so bestimmt in seinem Handeln, dass ich weiß es gibt kein Zurück mehr. Sanft zog er mich hoch und führte mich zu dem Bett. Dort drückte er mich sanft in die Laken. Langsam zog er mir meine Kleider Stück für Stück aus, bis ich nackt vor ihm lag. Genussvoll musterte er mich und ich begann leicht zu zittern.

„Du hast einen tollen Körper.", sagte er bewundernd und streichelte mich zärtlich.

Ich musste kurz schmunzeln. Eigentlich hatte er ja recht und ich war immer stolz auf meine Figur – bis ich hierherkam.

Seitdem versuchten sie meinen Körper in Einzelteile zu zerlegen. Doch ich verdrängte diesen Gedanken schnell wieder. Zu gut war das, was ich gerade fühlte.

Er legte sich neben mich und umspielte mit seinen Fingern meinen Nabel. Immer wieder trafen sich unsere Lippen in heißen Küssen. Schon jetzt wusste ich, dass ich noch nie so geküsst worden bin. Seine Lippen waren wunderbar weich und seine Zunge fuhr tastend in meinen Mund – sanft und fordernd zugleich.

Ich ertappte mich dabei, wie ich einfach nur dümmlich grinsend daliege. Meine Hände hatte ich in den kühlen Laken verkrallt. Seine Hand wanderte über meine Taille und meine Hüften und er umschlang mich komplett mit seinen starken Armen. Dabei schob er sich vorsichtig auf mich und spreizte meine Beine. Mit seinem starken Arm zog er mein rechtes Bein nach oben. Dann drang er vorsichtig in mich ein. Mir blieb für einen kurzen Moment die Luft komplett weg – so gigantisch war dieses Gefühl. Ich schloss genussvoll die Augen.

„Sieh mich bitte an!", raunte er mir mit rauer Stimme ins Ohr. Ich öffnete die Augen wieder und unsere Blicke trafen sich. Seine Augen hatten einen verlangenden dunklen Schimmer bekommen.

Sanft begann er sich in mir zu bewegen und ich nahm den Rhythmus auf.

Lange und innig liebten wir uns. Ich wünschte dieser Moment könnte ewig dauern. Ich fühlte, wie seine Bewegungen immer intensiver wurden und schließlich konnte ich mich nicht länger zurückhalten und ließ die Wellen des Orgasmus mich hinweg reißen und ich klammerte mich an ihm fest. Nach weiteren drei oder vier harten Stößen von ihm, kommt auch er in einem heftigen Orgasmus.

Im selben Moment erstrahlt ein leuchtender Blitz um uns herum, erleuchtet den ganzen Raum - ein gewaltiges Leuchten breitet sich in der Welt aus.

Er hält die Stirn gegen meine gepresst, die Augen geschlossen, sein Atem geht unregelmäßig. Er öffnete die Augen und sieht mich mit dunklem, wildem Blick an. Dann küsst er mich sanft auf den Mund und spielt dabei mit meiner Unterlippe. Während ich versuche meine Atmung und meinen Herzschlag zu beruhigen, versinken meine Gedanken im Chaos.

Wow, ... das war der Wahnsinn. So war es noch nie - mit keinem!

Irgendwann in dieser Nacht schliefen wir völlig erschöpft eng aneinander gekuschelt ein.

Als ich wach wurde, spürte ich seine starke Hand an meiner Taille und musste lächeln. Erneut kuschelte ich mich fester bei ihm ein. Spielerisch fuhr er mit seinen Fingerspitzen an meiner Hüfte hoch und streichelte mir den Kopf. Ich drehte mich zu ihm um und blickte in seine strahlenden Augen. Er lächelte leicht und küsste mich sanft auf den Mund. Diesmal war es jedoch kein forderndes oder verlangendes Küssen, sondern ein sehr vertrautes, besitzanzeigendes. Ich erwiderte den Kuss und wollte mich wieder an ihn schmiegen, aber er schob mich sanft, aber bestimmt beiseite und gab mir einen sanften Klapps auf den Hintern.

"Sorry, Kleines.", sagte er dann vorsichtig. "Aber erstens habe ich gleich ein Meeting - bei dem es unter anderem auch um dich geht -" Er machte eine Pause, um meinen Blick einzufangen. "- und zweitens - und das meine ich jetzt nicht böse - bist du nach wie vor meine Sklavin!"

"Aber ...!", ich versuchte etwas zu sagen, doch er legte mir sanft seinen Zeigefinger auf meine Lippen.

"Wir werden nie ein Liebespaar sein oder eine Beziehung führen können.", fuhr er sanft fort.

In meinem Gehirn breitete sich eine große Leere aus. Was hatte ich erwartet? - Um ehrlich zu sein, hatte ich nicht mal die letzte Nacht erwartet. Ich wusste, er hatte recht.

"Glaube mir, ich habe die letzte Nacht genossen!", fuhr er dann fort. "Es war weit mehr, als ich je zuvor mit jeder anderen Frau hatte - egal ob Sklavin oder nicht - Ich bin selber extrem verwirrt und ich habe keine Ahnung wie es nun weitergehen kann."

Nach einer längeren Pause fuhr er fort: "Ich weiß auch nicht, ob es überhaupt weitergehen sollte."

Er nahm mich noch einmal fest in den Arm und schmiegte sich ganz eng an mich – so eng, dass ich deutlich seine Erektion spürte. Dann ließ er los und legte seine Hände auf meine Schultern. Zärtlich umfuhr er mit seinem Zeigefinger die Narbe. Es kitzelte und zog bis in den Bauchnabel. Ich lächelte kurz.

"Ich lasse dich nachher abholen. Und dann bleibst du erst mal im Harem." Stumm nickte ich. "Ich versuche irgendwie das Meeting zu überstehen... Ich hoffe, niemand merkt etwas."

Mein Innerstes rebellierte. Gleichzeitig wusste ich - er hatte recht. - Mit allem was er sagte.

Kapitel 8

Lange nachdem er gegangen war, saß ich immer noch im Bett. Ich war nicht in der Lage, irgendeinen klaren Gedanken zu fassen. Das Kopfkissen neben mir duftete nach dem Chef. Ich zog es eng an mich heran und hielt es ganz fest.

Schließlich stand ich auf. Erstaunt stellte ich fest, dass jemand mir Frühstück gebracht hatte. Ich setzte mich und aß ein wenig. Kaum war ich fertig, kam die ältere Frau um mich abzuholen. Als wir das andere Gebäude betraten und in die Räume geführt wurden, wurde auch mir klar, dass es sich tatsächlich um einen bewachten Harem handelte.

Trotz allem fühlte ich mich verändert, stärker - selbstbewusster ... Ich fragte mich was es mit dem Leuchten auf sich hatte oder hatte ich mir das nur eingebildet? Hatte der Chef es auch bemerkt?

Auch diesmal wurde ich zunächst ins Bad geführt und von den Sklaven gewaschen und eingecremt. Mein Körper schmerzte und ich entdeckte Muskelgruppen wieder, die ich lange Zeit vergessen hatte. Als ich das feststellte, musste ich leicht vor mich hin grinsen. Diesmal ertrug ich diese eigentlich sehr sinnliche Prozedur nur schwer. Aber ich sah auch keine Chance dem hier zu entkommen. Am liebsten wäre ich ganz für mich alleine gewesen.

Im Ankleidezimmer bekam ich neue Gewänder. Diesmal waren sie rubinrot und in meine Haare bekam ich einige Edelsteine eingeflochten. Ich fühlte mich ein wenig wie ein Barbie-Pferd. So geschmückt wurde ich wieder in den großen Saal geführt.

Da ich bei der Lektüre immer noch nichts verstand, wollte ich es gern mit einer Handarbeit versuchen. Ich versuchte mich der älteren Frau verständlich zu machen. Nach einiger Aufregung hatte sie mich endlich verstanden. Sie ließ mir einen Stickrahmen bringen. Es waren keinerlei Muster vorgezeichnet und so saß ich einige Zeit untätig vor dem Rahmen. Die anderen Mädchen gesellten sich neugierig zu mir. Eine drückte mir einen Stift in die Hand. Ganz automatisch begann ich zu zeichnen.

Ich schloss die Augen halb und konzentrierte mich auf mein Innerstes. Zunächst sah ich gar nichts, doch dann erkannte ich eine steinige Küste, schroffe Klippen im Meer. Hoch oben erhob sich eine Steilwand und dort ganz oben befand sich eine Tempelanlage. Ganz in der Nähe wuchsen Olivenbäume und lange, schlanke Zypressen. All das brachte ich auch tatsächlich als Zeichnung auf dem Tuch nieder. Die ältere Frau warf einen Blick auf die Zeichnung. Sie betrachtete alles sehr genau. Dann deutete sie auf den Tempel und fragte: "Heimat?"

Verwundert schüttelte ich den Kopf - wieso glaubte sie ich könnte in einem Tempel wohnen. Aber vielleicht hielt sie den Tempel auch nur für eine exotische Villa. Etwas weniger energisch zuckte ich mit meinen Achseln. Schließlich wusste ich ja gar nicht woher ich kam und wie meine "Heimat" aussah.

Die anderen Frauen brachten mir bunte Garne in leuchtenden Farben. So begann ich die Motive farbig zu gestalten. Ich war so in meine Arbeit vertieft, dass ich alles andere um mich herum vergaß. Als die ältere Frau mich schließlich antippte, war es draußen schon dunkel.

Schweigend gebot sie mir ins Bett zu gehen - alle anderen waren lange fort. Nur ich hatte nichts bemerkt. Sie lächelte mich an. Dann sagte sie mir etwas, aber leider verstand ich sie nicht.

"Verdammt, dass muss anders werden.", dachte ich bei mir.

Alleine in meinem Bett, überwältigten mich die Erinnerungen der vergangenen Nacht. Unruhig wälzte ich mich hin und her. Mitten in der Nacht schreckte ich aus einem unruhigen Traum hoch. Also ich mich in meinem Zimmer umsah, meinte ich eine leuchtende Kugel gesehen zu haben. Ich blinzelte, aber als ich wieder nachsehen wollte war es weg.

Was war wohl bei dem Meeting herausgekommen?

Auf das Ergebnis musste ich noch einige Tage länger warten. Bis dahin aber konnte ich hier ein ruhiges und sicheres Leben führen.

Kapitel 9

Eines Tages war es dann so weit. Die Entscheidungsträger hatten ihre Entscheidungen getroffen.

Die ältere Frau holte mich von meinem Stickrahmen ab. Das Bild war inzwischen fast fertig geworden. Als sich unsere Blicke trafen, wusste ich, ich würde das Bild nicht mehr fertigmachen können. Ich legte die Reste ordentlich in einem Korb zusammen und stellte ihn neben die Arbeit. Dann strich ich mir den Rock glatt und folgte ihr zitternd.

Sie führte mich diesmal in einen noch weiter entfernten Raum. Nur um dahin zu gelangen, gingen wir gute 10 Minuten. An der Tür hing ein "Betreten Verboten" Schild. Sie schloss auf. Im Inneren des Raumes war es kühl. Die Einrichtung war spartanisch; zwei Stühle, ein Tisch und an der einen Wand noch eine Tür. Gleich als ich eintrat hatte ich ein ungutes Gefühl.

Die ältere Frau schob mich vorsichtig über die Schwelle und zog die Tür rasch hinter mir zu. Sie gab mir dann einfache Baumwollkleidung und deutete mir mich umzuziehen. Da wusste ich endgültig, dass meine Zeit im Harem nun vorbei war. Mit einem schrecklichen Gefühl im Bauch zog ich mich um. Als ich fertig war nahm die ältere Frau die goldbestickten Gewänder und verließ den Raum.

So wartete ich alleine und hatte echt Angst, was mich erwartete.

Allerdings nicht lange. Kaum war die Tür hinter mir abgeschlossen worden, öffnete sich die andere Tür.

Der Chef kam mit zwei Soldaten, um mich abzuholen.

Als erstes legten sie mir wieder die Hand- und Fußfesseln an. Zum Schluss bekam ich noch ein Halsband. Der Chef betrachtete mich kritisch und deutete auf meine Kleidung. Schließlich zuckte er mit den Achseln. Auf einen Wink von ihm, führten mich die beiden Soldaten hinaus. Ich versuchte einen Blickkontakt mit dem Chef herzustellen, aber er wandte sich bewusst von mir ab.

Sie brachten mich wieder in die Folterkammer mit dem Holzkreuz in der Mitte. Und wieder wurde ich auf einem Stuhl in der Ecke geparkt. Worauf wartete er nur?

Als alle gegangen waren, kam mir eine Idee.

Dies war der Raum mit der medizinischen Ausstattung. Also gab es doch bestimmt auch scharfe Messer oder ähnliches. Schnell stand ich auf und durchwühlte die Schränke. Selber schuld, wenn sie mich nicht sicherten. Bald hatte ich ein Skalpell gefunden. Was sollte ich damit jetzt machen. Kurz überlegte ich meine Chancen auf eine Flucht. Mit wie vielen würde ich es zu tun bekommen? Bestimmt mehr als ich schaffen konnte. Und die Konsequenz daraus?

Nein, ich sollte es lieber bleiben lassen. Aber niemand war da und konnte verhindern, dass ich mich selbst tötete. Das war immer noch besser, als alles was mich hier noch erwarten würde.

Viel Zeit hatte ich nicht mehr. Ich setzte mich schnell wieder auf meinen Stuhl, streifte die Ärmel hoch und überlegte noch einmal kurz. Aber auch jetzt fiel mir keine Alternative ein. Also nahm ich das Skalpell fest in meine Finger und setzte zum Schnitt in die Handarterie an. Zum Glück war das Skalpell wirklich scharf. So spürte ich zunächst keinen Schmerz. Ich wechselte die Hand und schnitt auch dort, tief und lang. Erstaunt sah ich, wie ich zu bluten begann - erst fast zögerlich, doch dann in kräftigen pulsierenden Strömen. Ich lächelte.

War ich mir doch sicher bald alles hinter mir zu haben. Entspannt lehnte ich mich zurück. Jetzt gab es für mich nichts mehr zu tun, als zu warten. Ich beobachtete wie die Blutlache um mich herum immer größer wurde. Dabei fühlte ich wie mit dem Blut auch mein Lebensfunke mit aus mir herausfloss.

Kurz bevor ich das Bewusstsein endgültig verlor, flog die Tür auf und der Chef kam herein. Forsch ging er auf mich zu. Als er erkannte, was ich getan hatte zögerte er. Erschrocken betrachtete er die Blutlache um mich herum. Wütend kam er auf mich zu.

"Was hast du getan?", herrschte er mich. Dabei schüttelte er mich leicht.

Ich versuchte ihn zu fixieren, aber es ging schon nicht mehr. So schloss ich die Augen und lehnte meinen Kopf an die Wand.

"Siehst du.", sagte ich zu ihm, "Ich habe doch drei Möglichkeiten." Dabei konnte ich mir ein breites Grinsen nicht verkneifen.

Der Chef begann hektisch nach Kompressen und Verbandmaterial zu suchen.

"Wenn du glaubst, ich lasse dich so einfach gehen, dann hast du dich aber gründlich getäuscht." Er klang richtig sauer - aber da war noch ein anderer Unterton.

Er zog sich einen Stuhl zu mir heran. Dann versuchte er die Blutung zu stoppen. Es tat höllisch weh, aber ich war zu schwach, um mich zu wehren. Trotzdem versuchte ich immer wieder ihm meine Handgelenke zu entwinden. Der Berg aus blutigen Kompressen wurde schnell größer. Kaum hatte er bei einer Wunde die Blutung gestillt, begann die andere wieder zu bluten, weil ich den Verband abgestreift hatte.

Verzweifelt sah er mich an: "Bitte, hör doch auf damit!" Dabei glänzten seine Augen feucht. Verwundert kämpfte ich meine Augen auf und sah ihn an. Er wirkte tatsächlich völlig aufgelöst.

"Nein, hör du auf!", hielt ich ihm entgegen. "Begreifst du nicht, dass es so besser ist? Lass mich endlich gehen." Erstaunlich klar konnte ich diese Worte formulieren.

Der Chef seufzte und sank vor mir zusammen. Dabei hielt er meine Handgelenke fest. Als er sie wieder losließ, fühlte ich, wie das Blut erneut zu strömen begann. Alle seine Versuche waren erfolglos geblieben.

72

Er stand vor mir und sah mich an. Dicke Tränen liefen über sein Gesicht. Schluchzend wandte er sich ab.

Ich atmete durch, als er ging. Seine Tränen ließen mich nicht kalt, aber hatte er nicht gesagt, es gäbe keine Zukunft für uns?

Verwirrt blinzelte ich. Da war wieder diese leuchtende Kugel - wie eine Mini-Sonne schwebte sie durch den Raum. Ich war wohl schon ziemlich weggetreten, denn diesmal hatte ich den Eindruck, dass mich ein freundliches Gesicht anlächelte.

Bald darauf war der Chef wieder bei mir. Sein Blick war triumphierend. Er öffnete mir den Mund und träufelte mir eine bittere Flüssigkeit in den Mund.

Ich schüttelte mich vor ekel. Kaum hatte ich die Flüssigkeit geschluckt, spürte ich wie mein Herz rebellierte.

"In etwa zwei Minuten bleibt dein Herz stehen!", sagte er. "Dann kann ich endlich anfangen, dich zu retten." Er streichelte mir zärtlich über den Kopf und wartete.

Während er wartete, kamen drei Sanitäter mit einer mobilen Herz-Lungenmaschine. Obwohl ich eigentlich sterben wollte, bekam ich jetzt Panik. Ich fühlte wie mein Herz langsamer schlug und jeder Atemzug tat weh. Ein letztes Mal nahm ich alle meine Kraft zusammen und atmete tief ein.

Kapitel 10

Die Sanitäter hoben den leblosen Körper auf die Trage. Auf ein Zeichen vom Chef schlossen sie die Herz- Lungenmaschine und das EKG an. Es gab keinerlei Anzeichen von Leben mehr. Sie schüttelten den Kopf und wollten alles wieder ausschalten.

Doch der Chef verhinderte es. Stattdessen nahm er sein OP-Besteck und begann die Wunden an den Handgelenken zu schließen. Es erwies sich als rechte Sisyphus Arbeit, denn es war mehr als nur ein Blutgefäß verletzt. Der Chef kam ganz schön ins Schwitzen. Alle paar Minuten wies er die Sanitäter an, den Kreislauf in Gange zu bringen. Nur so konnte er nicht nur ihren Körper am Leben erhalten, sondern auch ihren Geist.

Schließlich war es geschafft. Er schloss die letzte Naht und klebte ein steriles Pflaster auf die Handgelenke. Dann wies er die Sanitäter an, sie wiederzubeleben.

Sie schalteten die Maschinen ein und warteten - doch nichts geschah. Das Herz wollte seine Tätigkeit nicht wieder selbstständig aufnehmen.

"Ich habe es dir vorhin schon gesagt: So einfach lass ich dich nicht gehen!" Der Chef holte den AED und schockte sie mehrmals. Die Sanitäter wollten schon einpacken, aber der Chef bestand darauf, dass sie blieben.

Dann endlich die erste eigene Systole. Der Chef atmete tief durch. Er wusste sie war noch nicht über den Berg, aber ein Anfang war gemacht.

Nachdem sich der Kreislauf stabilisiert hatte, wurde sie auf die Intensivstation gebracht. Der Chef sah sich in dem Raum um. Plötzlich überkam ihn ein heftiger Brechreiz. Schnell stürzte er zum Waschbecken. In dem Raum sah es schon früher wild aus. Auch wenn er die "blutlose" Folter, wie er es nannte, bevorzugte, gab es doch manchmal keine andere Möglichkeit. Aber noch nie hatte hier jemand so viel Blut verloren.

Erschöpft setzte er sich auf einen Stuhl. Er wollte kurz die Augen schließen und sich erholen - mal 5 Minuten nichts tun, nichts erklären müssen. Aus diesen 5 Minuten wurden 2 Stunden. Als er wieder wach wurde, war es dunkel um ihn herum. Er stand auf und machte Licht. Sein Mund war trocken und so holte er sich ein Glas Wasser. Durstig trank er es aus. Dann wusch er sich das Gesicht und die Hände.

Jetzt war er wieder ganz wach. Er sah sich erneut in dem Raum um - nein, es war leider kein Traum gewesen.

Dann begann er aufzuräumen. Die Tücher und Kompressen warf er in die Mülltonne. Anschließend holte er den Schrubber aus dem Schrank und säuberte den Boden. Auch den Feudel warf er in die Mülltonne. Dann nahm er den Beutel aus der Mülltonne und verknotete ihn sorgfältig.

Ihm war noch immer schlecht. Vielleicht würde frische Luft helfen. Beim Verlassen sah er sich noch einmal in dem Raum um - ja so konnte er bleiben. Nichts erinnerte mehr an die blutige Schlacht, die hier stattgefunden hatte. Zumindest rein äußerlich - innerlich wusste er, dass er noch lange brauchen würde, um diese Bilder zu vergessen.

Kapitel 11

Ich wachte unter größten Schmerzen auf. Die Welt um mich herum bestand aus Watte und Nebel.

Als ich begriff, dass der Chef wieder gewonnen hatte, begann ich hemmungslos zu weinen. Ich wollte nie wieder aufhören.

Um meine Handgelenke hatten sie mir dicke Metallschienen gelegt. Meine Füße waren ans Bett gefesselt. Ich verfluchte den Chef - warum musste er rechtzeitig kommen - und warum war er ein so brillanter Chirurg? Hätte mich einer der anderen gefunden, wäre ich damit durchgekommen.

Eine freundliche Schwester kam herein. Als sie sah, dass ich wach war, klingelte sie. Ein freundlicher älterer Arzt kam, um mich zu untersuchen. Ich war zwar noch extrem schwach, aber neurologisch hatte ich anscheinend keinen Schaden behalten. Auch meine Reflexe schienen intakt zu sein. Der Arzt nickte mir freundlich zu. Dann ging er hinaus.

Ich mochte ihn nicht und ich traute ihm nicht. Bei diesem Arzt hatte ich ein ganz komisches Gefühl in der Magengegend. Dagegen war der Chef echt sympathisch, obwohl er mich zurück geholt hatte...

Die Schwester kam wieder und brachte mir ein Tablett mit Essen. Sie stellte es auf meinen Tisch und ging dann wieder. Ich sah mir das Essen an und mir wurde schlecht.

Dabei kam mir dann der Gedanke wie ich doch noch gewinnen konnte. Wenn ich jetzt nichts aß, hatte mein Körper bestimmt auch keine Kraft zu genesen. Nach einiger Zeit kam die Schwester und holte das volle Tablett wortlos wieder ab.

Am Nachmittag wurde ich von der Intensivstation in ein normales Zimmer verlegt. Abends bekam ich wieder ein Tablett mit Essen und wieder rührte ich nichts an. Lediglich ein Glas Wasser gönnte ich mir. Auch jetzt holte die Schwester das volle Tablett wortlos ab. Etwas später kam der Chef. Ich dachte er wollte mir etwas sagen, da ich nicht aß, aber er schien davon noch nichts zu wissen.

Er wirkte erschöpft, aber er lächelte mich an.

"Ich freue mich, dass es dir so gut geht.", sagte er. Ich versuchte ihn zu ignorieren. Er sah mich lange und intensiv an.

"Ich weiß, du wolltest nicht mehr leben.", er suchte nach den richtigen Worten, "Aber ich konnte dich so nicht gehen lassen. Es gibt noch so viel Ungeklärtes."

Ich schwieg weiter. Was sollte ich auch sagen? Toll, dass du mich gerettet hast - damit ihr mich weiter foltern könnt? Ich war echt sauer. Er kontrollierte die Metallschienen an den Handgelenken. Mit den Fingerkuppen strich er beinahe zärtlich darüber.

"Ja, das ist mal eine gute Idee - so kannst du keinen Unfug mehr machen." Er setzte sich auf einen Stuhl neben meinem Bett. Ich starrte an ihm vorbei. Mir liefen Tränen über die Wangen. Wie ging es jetzt weiter mit mir?

Der Chef schwieg. Er schien nichts sagen zu wollen. Auch ihm ging es nicht gut. So saßen wir eine Weile schweigend. Von Zeit zu Zeit nahm ich mir ein Taschentuch und wischte mir die Nase trocken. Schließlich stand der Chef auf und ging zur Tür. Im Gehen drehte er sich noch einmal zu mir um, zuckte mit den Achseln und ging.

Schluchzend ließ ich mich zur Seite fallen. Jetzt fühlte ich mich noch schlechter.

Die Tür wurde erneut geöffnet. Ich drehte mich um. Im Raum stand der Arzt mit drei Pflegern. Erschrocken sah ich sie an.

"Du willst also nichts essen?", fragte der Arzt mich.

Trotzig schüttelte ich meinen Kopf: "Wozu sollte ich?" Ich fühlte mich noch immer verletzt. Und der einzige Ausweg schien mir nichts zu essen. Doch das wollte ich mit dem Arzt nicht erörtern.

"Meinst du es ändert sich die nächsten Tage?", fragte er dann. "Ich habe gesehen, dass du wenigstens etwas trinkst."

Wieder schüttelte ich den Kopf. Ich wollte hier von den Leuten nichts mehr annehmen. Keine Hilfe, keinen noch so gut gemeinten Rat - sie sollten mich einfach vergessen und sterben lassen.

Doch der Arzt gab den Pflegern ein Zeichen. Sie drückten mich hart auf die Matratze. Der dritte überstreckte meinen Kopf. Dann nahm der Arzt eine Magensonde und führte sie mir ein. Ich würgte und versuchte mich zu wehren. Doch vergebens. Wieder hatte ich keine Chance. Nach 20 Minuten war es vorbei. Sie hatten mir so viel Nährlösung eingeflößt, wie es ging. Mein Magen rebellierte. Ich würgte die Nährlösung wieder hoch und spuckte das Bett voll. Ich hoffte sie würden den Schlauch wieder entfernen, aber sie verklebten ihn an meinem Mund. Meine Hände waren nach wie vor am Bett festgeschnallt. Alle halbe Stunde wurde ich zwangsernährt. Immer wieder kamen sie und flößten mir Nahrungslösungen ein.

Ich saß und weinte und tobte vor Wut. Ich zerrte und zerrte an den Fesseln, aber keine einzige gab auch nur um einen Millimeter nach. Mein Gesicht war verquollen. Meine Augen brannten. Als ich mich nach einem halben Tag noch nicht beruhigt hatte, kam der Arzt erneut. Diesmal hatte er eine aufgezogene Spritze dabei. Ohne jegliche Worte zu verlieren, trat er auf mich zu. Ich schüttelte in Panik meinen Kopf und sah ihn flehentlich an. Doch er stach mir die Spritze grob in den Oberschenkel. Dann ging er wieder. Keine 5 Minuten später sackte ich zusammen.

Am nächsten Morgen kam ich wieder zu mir. Ich lag auf dem Rücken im Bett. Alle Fesseln waren noch an ihrem Platz und auch die Magensonde behinderte mich noch.

"Verdammt!", dachte ich bei mir "So ging es also auch nicht." So versuchte ich mich zu beruhigen. Aber auch jetzt konnte ich nicht verhindern, dass wieder Tränen meine Wangen herunterliefen. Fast sehnte ich mich nach dem Chef. Fast sehnte ich mich nach normaler Folter. Dies alles hier war mehr als unwürdig.

Doch er ließ sich weder an diesem Tag noch am nächsten bei mir sehen. Ich konnte es nicht verhindern, dass es mir körperlich mit jedem Tag besserging. Betäubt von den Medikamenten lag ich in meinem Bett und starrte dumpf vor mich hin. So vergingen die Tage. Ich spürte, dass ich atmete und daher noch am Leben war, aber von mir selbst war zu diesem Zeitpunkt kaum noch etwas da.

Nach etwa einer Woche kam der Chef wieder. Ich wurde noch immer zwangsernährt und lag an Händen und Füssen gefesselt im Bett. Er betrat den Raum und stutze als er mich so liegen sah. Dann drückte er den Klingelknopf.

"Was soll das?", fragte er die Schwester, die kam. Sie erklärte ihm die Situation.

"Schick mir sofort den behandelnden Arzt!", fuhr er sie an, "Sofort!" Die Schwester tat mir schon fast leid. Sie sauste los und kam kurz darauf mit dem Arzt wieder. Der Chef hakte ihn ein und verließ mit ihm den Raum. Draußen wurde es kurz darauf laut.

Der Chef kam alleine wieder herein. Ich wusste nicht wer gewonnen hatte. Der Blick des Chefs war undurchdringlich.

"Wenn ich dich jetzt von der Magensonde befreie, wirst du dann Nahrung zu dir nehmen?", fragte er mich. Ich sah ihn an. Und ich wusste nicht was ich Antworten sollte. Einerseits war ich bereit alles zu tun, um diese blöde Sonde loszuwerden -

andererseits war ich mir nicht sicher, ob ich etwas essen konnte. Wieder rannen mir Tränen die Wangen herunter.

Nach einigem Zögern nickte ich. "Versprich es mir, indem du mir die Hand darauf gibst."

Er nahm meine Hand und ich drückte sie. Er löste dann vorsichtig die Pflaster und die Gummis, die die Magensonde an ihrem Platz hielten.

"Halt dich gut am Gitter fest.", bat er mich. "Und wenn ich "jetzt!" sage, dann versuchst du zu husten - oder lange stark auszuatmen."

Er sah mich an, nickte kurz und begann am Schlauch zu ziehen.

Ich möchte dieses Gefühl nicht so bald noch einmal erleben. Es war ja schon schrecklich, die Magensonde eingeführt zu bekommen. Aber wieder raus ist noch schlimmer. Es ist ein Gefühl, als ob man brechen muss und es kommt in einem langen Strahl. Zwischendurch mal Luftholen geht nicht. Endlich war aber auch das geschafft und ich konnte wieder klar durchatmen. Der Chef holte einige Reinigungstücher und wischte mir den Mund sauber. Meine Mundwinkel waren aufgesprungen und entzündet. Wortlos holte der Chef eine sanfte Creme und rieb mir die Mundwinkel ein.

Im Augenblick tat, durch die gereizte Speiseröhre, jeder Atemzug weh. Schwer atmend saß ich aufrecht im Bett. Der Chef gab mir etwas Zeit. Er löste die Fesseln an den Händen und an einem Fuß. Entschuldigend lächelnd deutete er auf den zweiten Fuß. "Wir haben keine ausreichenden Wachen hier, deswegen wirst du mit der einen Fessel leben müssen."

"Jetzt iss erst mal.", sagte er dann "Erhol dich ein wenig." Er streichelte mir sanft über den Rücken.

Ich nickte - ich hatte es ihm versprochen etwas zu essen, dann wollte ich es wenigstens versuchen. Die Schwester brachte ein Tablett und ich starrte drauf. Ich nahm mir eine Schnitte Brot und wollte abbeißen, aber kaum hatte ich sie am Mund wurde mir schlecht. Ich zwang mich trotzdem ein Stück in den Mund zu nehmen. Kaum hatte ich zweimal gekaut, bekam ich einen Würge reiz und musste mich erbrechen. Wütend schleuderte ich das Tablett durch das Zimmer. Meine Augen sprühten Funken.

Der Chef musterte mich. Neutral hatte er das Drama gerade beobachtet.

"Na, du machst das schon.", sagte er dann trocken. Versuchte er mich aufzumuntern?

Ich sah ihn verzweifelt an.

"Ich habe dem Arzt Anweisung gegeben, dir keine Medikamente mehr zu verabreichen. Dann wird es auch mit dem Essen besser klappen. Deine Wunden müssten inzwischen soweit verheilt sein, dass du keine Schmerzmittel mehr brauchst. Und da du ja nun wieder alleine essen kannst, brauchst du auch nicht mehr ruhiggestellt werden."

Wieder sah er mich an, als ob ich ihm zu Dank verpflichtet wäre. Aber ich empfand nicht so - meine Wut gegen ihn war unverändert groß.

"In zwei Tagen komme ich zum Fäden ziehen und wenn alles gut aussieht, hast du dann zwei Tage später deinen großen Auftritt." Er sah jetzt streng aus - wie am ersten Tag als ich ihn kennenlernte.

"Es wäre schön, wenn es nicht schon wieder in einer Katastrophe enden würde.", sagte er. Ich wollte etwas sagen, aber ich tat es doch lieber nicht. Er spürte es und ermunterte mich: "Na, sag was ist los?"

"Nein - gar nichts...", antwortete ich.

"Na, komm - du hast doch was. Dir brennt was auf der Seele. Ich gebe dir hier und jetzt einen Freischein. Der gilt aber nur 10 Minuten - dann ist die Chance vertan." Er setzte sich wieder.

"Von meiner Seite aus muss das nicht wieder in einer Katastrophe enden.", begann ich vorsichtig. Er lächelte und nickte zustimmend.

"Aber ihr wollt mich foltern und ich möchte das verständlicher Weise nicht. - Also ist es doch nur natürlich, dass ich mich wehre." Wieder nickte der Chef.

"Du könntest uns aber auch so sagen, was wir wissen möchten. Dann bräuchten wir keine Folter.", sagte er in einem Ton, als ob wir übers Wetter plauderten.

"Das ist doch Blödsinn!", hielt ich ihm entgegen, ich spürte noch immer den Wahnsinn in mir rumoren.

"Ihr habt mich doch seitdem ich hier bin, gefoltert. Auch ohne Befragung - nur weil es euch Spaß gemacht hat."

"Stimmt schon. Aber das ist jetzt vorbei." Ich sah ihn an. Glaubte er selber was er da sagte? Die Magensonde war also keine Folter? Sondern medizinisch notwendig?

Ich merkte, dass wir so nicht weiterkamen und winkte ab. "OK! Ich versuche am nächsten Termin keine Katastrophe zu verursachen." Ich gab auf.

"Das ist sehr nett von dir und sehr vernünftig.",
antwortete der Chef. Ich fragte mich, ob er die
Ironie nicht verstehen wollte oder tatsächlich nicht
verstanden hatte.

"Der Aufsichtsrat liegt mir schon seit deiner
zweiten Rettung in den Ohren. Sie wollen jetzt
endlich Ergebnisse.", raunte er mir leise ins Ohr,
während er die Verbände kontrollierte.

Der Chef ignorierte also meine Einwände, weil er
selbst gebunden war.

"Ich werde ihnen mitteilen, dass du kooperieren
möchtest. Ist wahrscheinlich auch besser für deine
Gesundheit.", sagte er laut im Gehen.

Ich spürte wie meine Zornesader anschwoll,
schwieg aber.

Der Chef stand auf und ging. In der Tür drehte er
sich noch einmal um und kam zurück. Dann beugte
er sich über mich und flüsterte mir ins Ohr: "Ich
verstehe dich - aber ich kann im Augenblick auch
nichts machen. Mir sind selber die Hände
gebunden. Versuch das Verhör zu überstehen - dann
sehen wir weiter."

Damit ging er ohne weiteres Zögern aus dem Raum.

Kapitel 12

Zwei Tage später wurden mir dann die Fäden gezogen. Zum ersten Mal konnte ich mir die Handgelenke ansehen, seit der Chef mich gerettet hatte. Fasziniert starrte ich auf die Länge der Narben. Instinktiv hatte ich auf beiden Seiten gleich lang geschnitten: die Narben waren gute zwölf Zentimeter lang.

"Eigentlich erstaunlich, dass du noch lebst.", der Arzt war meinem Blick gefolgt. Vorsichtig durchtrennte er die Fäden und zupfte dann mit einer Pinzette die Reste aus der Haut. Einerseits kitzelte es, andererseits ziepte es unangenehm. Aber ich hielt still. Gab auch keinen Laut von mir. Die Narben waren gut verheilt. Zwar waren sie noch rot und glänzend, aber das würde sich noch geben. Vielleicht war später kaum etwas davon zu sehen. Insgeheim bewunderte ich die Arbeit des Chefs.

Ich hatte für mich beschlossen, nicht mehr aufzufallen. Vielleicht wurde es ja dann besser für mich - vielleicht sperrten sie mich irgendwo weg und vergaßen mich.

Nachdem der Arzt die Fäden gezogen und die Narben noch einmal begutachtet hatte, verband mir eine Schwester die Handgelenke mit einer weichen Binde und legte anschließend die Metallschienen wieder an.

Meine größte Befürchtung war, dass ich nun wieder in eine stinkende Zelle gebracht werden würde. Aber ich durfte wieder in mein Krankenzimmer. So konnte ich mich noch zwei Tage erholen.

Kapitel 13

Drei Tage später wurde ich von vier Soldaten abgeholt. Widerstandlos folgte ich ihnen. Zwei gingen vor mir - zwei hinter mir. Sie brachten mich zu einem sterilen Raum. Die Ausstattung hätte man so auch bei einem Zahnarzt finden können. An den Wänden standen halbhohe Schränke mit den unendlich vielen schmalen Schubladen. An der einen Wand hing der obligatorische polarisierte Spiegel und in der Mitte stand eine Liege, die einem Zahnarztstuhl ähnelte. Die Kopfstütze war massiver gearbeitet und es waren stabile Gurte montiert.

Höflich wurde ich gebeten hier Platz zu nehmen. Als ich halbwegs bequem saß, wurde ich festgeschnallt. Dann kam ein Sanitäter und schloss Messsonden für die EEG und EKG Abnahme an. Der fahrbare Wagen mit den Aufzeichnungsgeräten stand hinter meinem Kopf. Der Sanitäter schaltete sie ein, lauschte kurz dem gleichmäßigen Ton und drehte dann den Lautsprecher leise. Abschließend legte er einen Zugang im Handrücken.

Dann ließ auch er mich alleine. Alles war bisher so medizinisch professionell abgelaufen, dass sich bei mir nicht wirklich ein ungutes Gefühl eingestellt hatte. Eigentlich wollte ich es nur noch hinter mich bringen. Ich hoffte es würde nicht zu lange dauern - oder dass ich wenigstens nicht allzu viel mitbekommen würde.

Nach einer kurzen Zeit des Wartens kam eine ganze Delegation von Schlipsträgern herein. Unter ihnen war auch der Chef. Erstaunt sah ich sie an. Wortlos trat der Chef vor und kontrollierte zunächst meine Fesselung, anschließend das EEG und dann das EKG. Alles war in Ordnung und so trat er an einen der Schränke. Eine Schwester huschte verspätet in den Raum. Entschuldigend lächelnd schlüpfte sie vorbei und stellte sich hinter mich.

Die Delegation setzte sich im Halbkreis um mich herum. Ich wusste nicht wen ich ansehen sollte. Einige unterhielten sich leise. Die anderen betrachteten mich, wie ich meinte, mit einer gewissen Geringschätzung. Jetzt wurde ich doch ein wenig unruhig.

In der Zwischenzeit hatte der Chef ein kleines Tablett vorbereitet. Darauf waren drei leere Spritzen und vier oder fünf Injektionsfläschchen. Dieses Tablett gab er einem aus der Delegation. Er nahm das Tablett und stellte es auf einen kleinen Beistelltisch. Dann nahm er eine der Spritzen und zog aus den verschiedenen Injektionsfläschchen eine Mischung auf. Das Gleiche machte er mit den anderen Spritzen - nur irgendwie in anderer Reihenfolge. Die Delegationsmitglieder nickten beifällig. Nur der Chef wirkte etwas verkrampft. Ich runzelte nachdenklich die Stirn. Ein weiteres Delegationsmitglied bekam die erste Spritze überreicht. Dieser stand auf, trat auf mich zu und setzte die Spritze an meinen Zugang.

"Stopp!", rief der Chef in die gespannte Stille. Der Mann mit der Spritze hörte auf und sah den Chef erstaunt an. Auch alle anderen schauten ihn an.

"Hört bitte einen Moment auf.", bat er. Als sich unsere Blicke trafen sah ich ein unsicheres Flackern in seinen Augen.

"Lasst mich kurz mit ihr alleine - ich möchte noch einmal etwas anderes versuchen."

Die anderen sahen sich fragend an und nickten. Alle gingen gemeinsam raus. Im Vorübergehen hörte ich, wie einer zum Chef raunte "Mach bloß keinen Fehler."

Als alle draußen waren, schaltete er die Kameras und Mikrophone ab. Am Spiegel betätigte er einen Schalter und anschließend war er schwarz.

Dann sah er mich lange und nachdenklich an.

"Verdammt!", fluchte er laut. "Warum kannst du mir nicht einfach sagen, was wir wissen müssen?"

Es klang nicht böse oder aggressiv, vielleicht ein wenig verzweifelt.

Ich versuchte mit den Achseln zu zucken, aber das ging nicht.

"Ich hab's doch versucht.", antwortete ich, "Könnt ihr jetzt bitte anfangen? Ich würde es gerne endlich hinter mich bringen."

Der Chef drehte sich von mir ab und machte ein seltsames Geräusch. Als er sich wieder zu mir umdrehte, glänzten seine Augen feucht. Er sah mich lange schweigend an. Er wollte etwas sagen, suchte aber nach den richtigen Worten.

"Das mit dem "Hinter Dich bringen" wird nicht so leicht werden.", begann er vorsichtig.

"Hast du gesehen, was er aufgezogen hat?" Ich versuchte mit dem Kopf zu schütteln, als das auch nicht ging, fluchte ich innerlich.

"Nein - ist mir ehrlich egal.", antwortete ich.

"Diese Mischung wird mit Sicherheit bleibende Schäden in deinem Gehirn verursachen.", sagte er. "Nur die Informationen sind wichtig - du bist nur

Mittel zum Zweck." Angewidert verzog er das Gesicht.

"Ja, und...?", dachte ich bei mir. "Du siehst es doch genauso. Mit nichts anderem habe ich gerechnet.", sagte ich laut.

Aber da war noch mehr in dem Gesicht vom Chef.

"Glaubt ihr wirklich, ich würde an meinem Leben hängen - so wie es jetzt ist?", fragte ich ihn. Der Blick vom Chef trübte sich ein.

"Aber...ich...", der Chef kämpfte mit jedem Wort.

"Ich möchte nicht, dass Dir etwas passiert.", brachte er schließlich heraus.

Jetzt sah ich ihn verwirrt an. - Wie meinte er das?

Verzweifelt zuckte er mit den Achseln: "Ich weiß auch nicht wie es passieren konnte und ich kann jetzt auch nicht mehr nachvollziehen, wann es war..." wieder zögerte er. "Ich kann mir ein Leben ohne dich nicht mehr vorstellen.", brachte er dann hervor.

"Allein die Vorstellung, dass du in 10 oder 12 Stunden nicht mehr bist, macht mich wahnsinnig. Mein Magen krampft bei der Vorstellung, deinem leblosen Körper die Schläuche entfernen zu müssen.", er konnte nicht mehr weiterreden.

"Ich will nicht, dass sie dich so foltern.", fuhr er dann etwas leiser fort, "Aber ich kann es auch nicht verhindern."

Er zog sich einen Stuhl heran und setzte sich zu mir. Zögernd nahm er meine Hand. Wieder spürte ich einen leichten elektrischen Schlag. Was erwartete er jetzt von mir? Ich hatte mir bisher noch keine Gedanken über eventuelle Gefühle zu oder für ihn gemacht. Er war schließlich der "Chef" und ich nur eine einfache Sklavin, die zudem auf seinen Befehl gefoltert wurde.

Bis auf die eine Nacht - in der ich mich zugegebener Maßen sehr wohl gefühlt habe - hatte ich ja kaum Kontakt zu ihm. Wohin sollte das hier führen? Der Chef sah mich mit glänzenden Augen an. Mir war es unangenehm ihn so zu sehen.

"Lass dies hier erst alles vorbei sein, dann reden wir weiter.", bat ich ihn vorsichtig.

Der Chef schüttelte den Kopf: "Ich bin mir nicht sicher, ob es noch ein "Hinterher" für dich gibt.", er schluckte hart, versuchte sachlich zu bleiben.

"Sie - nein wir - werden es erst mit chemischen Mitteln versuchen, dich zum Reden zu bringen. Die Auswahl der Mittel ist alleine schon sehr stark dosiert. Aber nachdem Cocktail, der hier gemixt wurde, dürfte schon danach nicht mehr viel von dir übrig sein. Trotzdem wird das EEG aufgezeichnet, damit - falls wir so nicht zum Ziel kommen -wir wissen in welchen Hirnbereichen die Blockaden sitzen.", er schluckte erneut. "Anschließend werden Elektroden in die Areale getrieben. Durch den Strom, der durch die Elektroden geschickt wird, werden die Blockaden wortwörtlich geschmolzen. So bleibt dann endgültig nichts mehr von dir übrig. Allenfalls wärst du eine willenlose Hülle." Traurig sah er mich an. Dabei knabberte er zärtlich an meinen Fingerspitzen.

"Gut!", sagte ich.

"Gut?", fragte der Chef ungläubig zurück. "Hast du mir gerade nicht zu gehört?" Entgeistert sah er mich an.

"Ich kann doch eh nix ändern." Hielt ich ihm entgegen. "Und nach diesen Informationen, weiß ich nun, dass Alles hinterher ein Ende für mich hat." Ich sah ihn trotzig an. "Ich finde es eher beruhigend. Schlimmer fände ich es mit der Erinnerung an die Folter und an die Schmerzen weiterleben zu müssen." Ich schwieg, der Chef hatte sich abgewandt.

Als er sich wieder umdrehte fuhr ich fort: "Ich habe versucht zu reden - aber es ging nicht. Alles was ich jetzt versuche, bedeutet umso sicherer meinen Untergang - dann kann ich ihm auch entspannt entgegensehen."

Jetzt fixierte ich seine Augen: "Was sollte das jetzt also hier?"

"Ich wollte, dass du weißt, wie sehr ich dich liebe.", hauchte er kaum hörbar. Dabei hatte er seine Stirn auf meine Hand gelegt. Mir stockte vor Schreck der Atem - mein Herz schlug wie wild.

"Verzeih, aber ich habe noch nicht über meine Gefühle für dich nachdenken können.", antwortete ich ihm vorsichtig. "Ich habe mich in jener Nacht sehr wohl gefühlt - mehr als das. So viel kann ich dir verraten. Auch dass ich mir mehr solcher Nächte wünschen würde." Fuhr ich fort, "Wenn es eine Art Josh oder Schicksal gibt, so hat es mich vielleicht deswegen wieder hergeführt und wir gehören auf die eine oder andere Weise zusammen. - Aber darüber denke ich später nach! Wenn das hier vorbei ist."

Er wollte etwas sagen, überlegte es sich dann aber doch anders.

"Wenn es dir hilft," sagte ich, "Ich vergebe euch, dir und den anderen. - Ich vergebe euch die Schmerzen, die ihr mir bereits zugefügt habt und ich vergebe euch die Schmerzen, die ihr mir noch zufügen werdet. Ich vergebe euch auch dass ihr mich nicht habt sterben lassen, als noch Zeit dafür war. Ich verstehe, warum dies alles so geschehen musste. - Aber - ich habe eine Bitte."

Die Augen vom Chef flackerten unstet hin und her. "Welche?", fragte er dann.

"Sollte hier alles so schieflaufen, dass es am Ende keine Hoffnung mehr für mich gibt, dann lasst mich gehen."

Seine Hand zuckte in meiner, aber ich hielt fest. "Versprochen!", sagte er fest und ohne zu zögern. Er drückte meine Hand einmal kräftig und ließ dann los.

Damit stand er auf, straffte seine Gestalt und rief die anderen wieder herein. Sein Gesicht verbarg er vor den anderen und verzog sich in eine dunklere Ecke.

"Sie ist noch immer nicht bereit mit uns zu kooperieren. Also lasst uns jetzt anfangen."

Kapitel 14

Ohne weitere Verzögerung fingen sie an. Kaum hatte die Delegation den Raum betreten, spürte ich die Spritze an meiner Hand. Ich versuchte nicht hinzusehen. Legte mich entspannt zurück und wartete was passieren würde. Während der Injektion spürte ich einen unangenehmen Druck. Dann war es erst mal vorbei. Ich schloss die Augen und wartete.

Langsam begannen erste Bilder in mir aufzusteigen. Erst schwach und verschwommen - dann immer klarer.

Ich sah längst vergessene Freunde kommen und gehen, erinnerte mich an gemeinsame Zeiten. Ich sah eine längst vergangene Zeit, ich sah Kinder kommen und aufwachsen und ich sah sie sterben. Ich fühlte wie mir Tränen die Wangen hinunterliefen. Ich wollte nicht weiter - der Schmerz war einfach zu groß. Ich wollte mich gegen die Erinnerung wehren, aber ich konnte nicht. Wieder spürte ich einen drückenden Schmerz in der Hand, danach wurde es leichter. Alle meine Schilde wurden nach und nach zerstört.

Ich wurde weiter in den Strudel meiner Erinnerungen gezogen.

Doch alles, was mir begegnete war Elend und Leid - so viele mir vertraute und geliebte Menschen, die ich erst willkommen hieß, sie lieben lernte und dann doch wieder gehen lassen musste. Hatte ich außer den kurzen Abschnitten kein Glück erlebt? Langsam wurde ich neugierig.

Ich wehrte mich nicht mehr - begann selber zu forschen.

Wieder tauchte ein vertrautes Gesicht auf. Mir stockte der Atem. Ich wusste was nun kam. Unruhig wand ich mich in den Fesseln. Er war derjenige, der mir alles beigebracht hatte, was ich als Kämpfer wissen musste.

Unsere ersten Begegnungen verliefen noch recht unschuldig. Wir trafen uns ein paarmal zum Kaffee oder gingen ins Kino. Dann nahm er mich mit zu sich nach Hause. Nervös sah ich mich um. Ich hatte hunderte Schmetterlinge im Bauch und freute mich bei ihm zu sein. Auch hier bot er mir etwas zum Trinken an. Einige Augenblicke später war ich ohnmächtig. Erst jetzt erinnerte ich mich wieder. Ich hatte bisher geglaubt, ich wäre freiwillig mitgegangen. Wach wurde ich in einem Boot Camp. Eigentlich hatte ich gar keine Lust Soldat zu werden, versuchte mich zu wehren. Irgendwann sagte ich mir jedoch, warum eigentlich nicht. Was dann folgte war eine sehr elitäre Grundausbildung. Wenn etwas nicht gleich auf Anhieb klappte, nahmen sich die Ausbilder einen beiseite und fingen von vorne an - so lange bis die Lektion saß. Dann durfte man bei den anderen weiter mitmachen. Erst wenn alle das Ausbildungsziel erreicht hatten, folgte für alle die nächste Lektion. Auch bei mir klappte nicht alles auf einmal und ich musste öfter durch die Extrabehandlung. Niemand durfte aufgeben, niemand wurde zurückgelassen. Irgendwann saßen alle Lektionen und die Grundausbildung war beendet.

Bevor wir in unsere Einsatzgebiete verschickt wurden, kam der große Zapfenstreich. Dieser wurde direkt vor dem Präsidenten abgelegt. In einer wirklich riesigen Zeremonie legten wir alle unseren Eid auf die Fahne ab. Es war ein seltsames Gefühl: während ich die Fahne in der Hand hielt, sprach ich - wie alle - anderen den Eid - gleichzeitig merkte ich aber wie sich ein Band zwischen mir und meinem Land knüpfte. Ich fühlte, wie meine Füße Wurzeln bekamen, die sich tief in die Erde gruben. Verwirrt sah ich die anderen an. Hatten sie es auch bemerkt? Wie in einer Zeitblase, sah ich den Präsidenten mich anlächeln. Fast alle anderen waren verschwunden.

Im selben Augenblick war es auch vorbei. Um uns herum brach ein Jubel aus. Die Zeremonie war beendet und die Party begann.

Am nächsten Morgen erhielt ich neue Befehle - Ich wurde einer anderen Truppe zugeteilt, die dichter an den eigentlichen Kämpfen dran war. Nach anfänglichen Schwierigkeiten machte ich meine Sache ganz gut. So wurde ich zu einem verlässlichen Soldaten. Nach einem halben Jahr wurde ich wieder abberufen und flog nach Hause. Meine Ausbildung ging weiter. Auf jede Ausbildung folgte ein Einsatz. Ich wurde besser und sicherer. Ich lernte innerhalb kürzester Zeit die verschiedenen Waffengattungen kennen. Am besten gefiel mir die Marine, so blieb ich einige Zeit dort. Aber auch hier wurde ich auf verschiedene Lehrgänge geschickt - sei es zum Segeln auf Großseglern oder zum Tauchen. Orden bekam ich viele - befördert wurde ich nur wenig. So musste ich weiter Befehle ausführen. Doch eigentlich machte es mir nichts aus - ich war inzwischen gut daran gewöhnt. Mittlerweile bekam ich meine Befehle direkt vom Präsidenten - und das fühlte sich recht gut an.

Ich lächelte.

Die Erinnerung verblasste, eine neue spülte hervor.

Unerträgliche Schmerzen quälten mich. Was war geschehen? Ich zerrte an meinen Fesseln. Diese Erinnerung wollte ich nicht - und doch konnte ich sie nicht verhindern.

Ich lag mit dem Gesicht nach unten auf der Straße. Eine Stiefelsohle trat auf meinen Rücken. Der rechte Arm wurde grob nach hinten gezogen. Dasselbe sollte mit dem linken Arm geschehen, doch der Stiefel war im Weg. Laut schrie ich auf, ich brüllte förmlich. Trotzdem konnte ich hören wie das Schlüsselbein brach und einige Bänder rissen. Aber der Soldat über mir störte sich nicht daran. Er riss mich an der kaputten Schulter hoch und fesselte meine Handgelenke mit scharfen Kabelbindern. Mehr ohnmächtig, als bei Bewusstsein stolperte ich hinter anderen Gefangenen in ein Lager. Dort wurden uns die Fesseln abgenommen und wir wurden uns selbst überlassen. Niemand kümmerte sich um mich. Ich war noch nie so schlimm verletzt gewesen - vielleicht dachten die anderen deshalb, mir würde nichts fehlen. Ich schlief ein oder zwei Tage durch. Doch die Schmerzen wurden nicht weniger.

Auch diese Erinnerung verblasste - ich entspannte mich - schlimmer konnte es jetzt nicht werden.

Als das Bild sich diesmal aufklarte, befand ich mich an einen Ring gefesselt vor einer Mauer. Neben mir standen mehrere andere Soldaten, genauso gefesselt wie ich. Als ich aufblickte, sah ich eine Reihe von bewaffneten Soldaten uns gegenüberstehen. Schlagartig war ich wach. Die Soldaten legten gerade ihre Gewehre an. Der Befehlshaber brüllte und die Soldaten feuerten. Kurz darauf verspürte ich einen heißen, stechenden Schmerz in der linken Schulter. "Au, verdammt, warum immer meine linke Schulter.", dachte ich bei mir. Dabei begriff ich aber gar nicht, welches Glück ich hatte.

Wach wurde ich zu Hause in einem Hospital. Doch statt freundlicher Worte bekam ich meine Entlassungspapiere. Dienstunfähig...

Völlig verdattert stand ich auf der Straße. Was sollte jetzt werden? Ich schwor dem Ganzen ab und begann mühsam ein neues, ziviles Leben. Kaum hatte ich mir ein Heim aufgebaut, klopfte der Secret Service an. So begann mein nächstes Leben…

Jetzt wurde es echt anstrengend mit den Erinnerungen. Wieder dieser Druck an der Hand.

In einem kurzen wachen Moment spürte ich, dass ich komplett nassgeschwitzt war. Die Schwester rieb mich mit Handtüchern ab. Ich zitterte am ganzen Körper. So lehnte ich mich wieder zurück und schloss die Augen. Mir war speiübel und mein Kopf hämmerte.

Irgendjemand berührte mich an der rechten Schulter. Mühsam versuchte ich die Augen zu öffnen. Das gelang mir dann schließlich auch, aber es dauerte noch bis ich etwas erkennen konnte. Schließlich nahm ich den Chef wahr. Er sah besorgt aus. Ich schloss die Augen wieder, da es mir zu anstrengend war, sie offen zu halten.

"Kannst du noch?", fragte er leise. "Es ist nicht mehr viel - halt durch. Bis jetzt sieht es gut aus."

Ich versuchte zu antworten, doch ich war zu schwach. Plötzlich bekam ich einen fürchterlichen Brechreiz. Zum Glück hatte ich nichts im Magen, aber auch so war es eklig genug. Hilflos spürte ich, wie mein Magen sich ein ums andere Mal zusammenkrampfte, sich wieder löste, nur um sich dann erneut zu verkrampfen.

Also wehrte sich mein Körper jetzt gegen diese Behandlung. War das Teil der Kommandokonditionierung? War ich - war mein Unterbewusstsein - darauf trainiert bei den falschen Fragen, meine Körperfunktionen zu steuern?

Das eine Delegationsmitglied stand erneut auf, um eine weitere Spritze aufzuziehen. Der Chef hielt ihn davon ab. "Es geht nicht mehr.", sagte er. "Wenn wir ihr jetzt eine weitere Dosis verabreicht, kollabiert ihr Körper. Dann erfahren wir gar nichts mehr."

"Was sollen wir deiner Meinung nach denn jetzt machen?", fragte er zynisch, "Sollen wir sie in Watte packen und warten, ob sie noch was sagt?"

"Gebt ihrem Körper Zeit sich an die Medikamente zu gewöhnen." Antwortete er, "In 10 Minuten können wir nachlegen, wenn es ihr dann besser geht."

"Das ist doch Quatsch!", sagte ein dritter aus der Runde. "Du willst sie schonen - du willst sie später für deinen Harem. Ich kann dich da gut verstehen - sie würde bestimmt mal eine schnucklige Sklavin abgeben.", fuhr er den Chef an. "Aber wir haben sie jetzt fast soweit - sie wird uns gleich verraten, was wir wissen wollen. Ich sage: erhöhen wir den Druck, dann gibt sie auf und verrät uns alles. Ich habe schon häufiger solche Foltern durchgezogen. So reagiert ein Delinquent, wenn er kurz vorm Aufgeben ist."

Der Chef sah streng von einem zum anderen, dann zu mir und wieder zu den anderen zurück. "Jeder von uns hat schon einige Foltern durchgeführt. - Einige mit mehr Erfolg als die anderen - aber niemand von uns hat je eine Kommandokonditionierung gecrackt. Auch jetzt merkt man deutlich, dass sie schlauer ist, als wir denken. Vielleicht sollen wir aufgrund der körperlichen Reaktionen glauben, dass wir sie bald soweit haben. Aber in Wirklichkeit ist es nicht so. Vielleicht sollen wir verleitet werden eine Überdosierung zu verabreichen, um so den Delinquenten zu erlösen."

Warum tat er das? Fragte ich mich innerlich. War die Information so wichtig? Oder war es für ihn ein Spiel: Wer knackt als erster jemanden mit der entsprechenden Blockade.

Hatte er mir nicht versprochen, mich gehen zu lassen?

"Denkt mal darüber nach.", fuhr er fort. "Denn wenn ihr ihr jetzt eine Überdosis verabreicht, ist es zu spät. - Dann jammert mir aber nicht die Ohren voll, wenn ihr eure Informationen nicht bekommt."

Die anderen waren unsicher geworden.

"Und wenn wir ihr nur einen kleinen Nachschlag geben?", fragte einer der anderen.

"Schon mal nachgerechnet wie viel sie schon jetzt intus hat - und in welchem Zeitraum?", fragte der

Chef zurück. "Was soll da ein kleiner Nachschlag bewirken?"

"Ich kann euch ja gut verstehen. Ich will auch die letzten Informationen - aber ich riskiere nicht sie zu verlieren. Dann bekommen wir diese Informationen nie. So ein Glück, dass wir sie entdeckt haben, kommt nicht so schnell wieder."

Einige nickten zustimmend.

"Ok. Wir warten.", sagte einer der anderen "Aber nicht sehr lange. Wenn du nach einer angemessenen Zeit nichts erreicht hast, sollten wir die Elektroden einsetzten. Das EEG zeigt schöne Ergebnisse."

„Also 10 Minuten Kaffeepause.", sagte der eine aus dem Kreis.

Die anderen standen auf und unterhielten sich flüsternd. Einige verließen tatsächlich den Raum.

Ich schwitzte und zitterte gleichzeitig.

Was erwarteten sie jetzt von mir? Was sollte ich ihnen verraten? Welche Information, die ich besaß, konnte so wertvoll sein? Ich grübelte, aber mir fiel nichts ein.

"Versuch dich zu erinnern.", raunte mir der Chef ins Ohr. "Ich kann sie nicht mehr lange hinhalten - sie wollen die Elektroden einsetzten."

"Hilf mir.", bat ich den Chef. "Welche Informationen sucht ihr? Vieles von dem eben erlebten kam mir hinterher bekannt vor. Also vielleicht, wenn ich wüsste, worum es geht... dann kann ich in die Richtung gehen..."

"Gute Idee.", antwortete er, "Aber ich glaube nicht, dass es funktioniert."

Ich resignierte. Mir war immer noch schlecht. Der Chef wollte zwar Informationen, aber gab mir keinen Hinweis, dass ich vielleicht helfen konnte.

Langsam füllte sich der Saal wieder. In einer unheimlichen Stille setzten sich die Gremiumsmitglieder auf ihre Stühle. Sie sahen den Chef erwartungsvoll an. Der nickte knapp und als alle wieder da waren, kam er zu mir herüber.

Der Chef sah mich an. "Meinst du wir können wieder?", fragte er besorgt. Ich nickte schwach, warten würde auch nix ändern.

"OK. Ich werde den Druck jetzt ein klein wenig erhöhen - also nicht erschrecken.", sagte er. Damit nahm er nun selber eine Spritze und zog eine

Mischung auf. Als er die letzte Komponente einfügte, färbte sich die Flüssigkeit giftgrün und sprudelte leicht. Er injizierte mir diese Flüssigkeit mit viel Geduld. Immer wieder streichelte er meine Hand und strich die Flüssigkeit weiter in meinen Körper hinein.

Fasziniert konnte ich meinen Blick nicht abwenden. Als ich kurz den Chef ansah, stutzte ich. Er starrte auf meine Hand runter. Sein Blick war gegen andere abgeschirmt. Er spürte, dass ich ihn ansah.

"Es tut mir leid!", sagte er mit tränenerstickter Stimme. Als er mich direkt ansah, liefen ihm Tränen über seine Wange.

Trotzdem machte er mit der Injektion weiter. Mechanisch strich er die Flüssigkeit weiter. Dann war die Spritze leer. Vorsichtig nahm er sie ab und legte sie beiseite. Verdeckt stand er auf und trocknete sich das Gesicht. Er sah auf die Uhr. Fast im selben Moment krampfte mein Magen so heftig, dass ich laut aufschrie. Anschließend wurde ich heftig von weiteren Krämpfen hin und her geschüttelt. Als die Krämpfe vorbei waren, konnte ich nichts mehr fühlen und mich nicht bewegen. Apathisch lag ich auf der Liege und starrte vor mich hin. Ich konnte auch nicht denken oder reden.

Dann begannen die Kopfschmerzen. Erst kaum wahrnehmbar, dann immer heftiger. Schließlich konnte ich kaum noch atmen. Röchelnd rang ich nach Luft. Der Chef hatte die ganze Zeit über unbewegt zugesehen. Hatte er das damit gemeint, als er meinte, er würde den Druck erhöhen? Mir langte es nun. Ich wollte nur noch weg - auf die eine oder andere Weise.

"Wie lautet dein richtiger Name?", fragte mich einer der Delegation.

Er war unbemerkt aufgestanden und stand nun direkt über mir. Sein fauliger Mundgeruch raubte mir endgültig die Luft. Ich versuchte zu antworten. Wenn das alles war, was sie wissen wollten, kein Problem - dachte ich.

Aber zu meinem Erstaunen brachte ich noch immer kein Wort hervor. Schwer atmete ich durch. Dabei rasselte es in meiner Lunge. Erneut nahm ich Anlauf.

"Mein Name ist....", brachte ich nun zustande. Hilfesuchend sah ich mich nach dem Chef um. Er bemerkte es und schüttelte leicht mit dem Kopf. Was sollte das denn jetzt? Dann deutete er leicht auf die Uhr.

Sollte ich noch einen Moment warten? Wurde es dann leichter für mich? Oder war es dann für mich vorbei?

Wieder begannen die Kopfschmerzen. Der Chef sah den aus der Delegation an, der mich befragt hatte. "Was sollte das?", fragte er ihn streng. "Ihr wisst genauso gut, wie ich, wie lange die finale Dosis wirken muss - bevor etwas Sinnvolles herauskommt."

Ich versuchte etwas mitzubekommen, aber ich konnte nicht. Diesmal waren die Kopfschmerzen auf die Ohren geschlagen. Ich hörte nur noch ein schrilles Pfeifen, dabei hatte ich das Gefühl die Trommelfelle würden gleich platzen. Konnte es jetzt nicht vorbei sein?

Nie zuvor hatte ich mir eine Ohnmacht so sehr gewünscht wie jetzt. Dies war nicht die erhoffte Art der Folter. Im Augenblick bekam ich viel zu viel mit. Dies alles hier würde in meiner Erinnerung bleiben - wenn ich überlebte.

Das Schlimmste aber war, dass es mir unendlich peinlich war, wie ich mich anstellte. Ich konnte keinem in die Augen sehen, weil ich das Gefühl hatte, sie würden mich auslachen. Was sollten die zu Hause da von mir denken?

...zu Hause? ... Wo war das?

Langsam ging es los. Ich spürte, wie ich kaum mehr meine Gedanken zurückhalten konnte. Gleichzeitig spürte ich wie mir die Sinne schwanden. Ich wollte jetzt aber nicht wegklappen. Dann musste ich alles nochmal durchmachen.

"Also - wie lautet dein Name?", fragte mich wieder der Delegierte.

Ich sah ihn an und musste lachen. Kaum Herr meiner Sinne, versuchte ich mich zu konzentrieren. Mir fielen alle möglichen Informationen ein: Heeresstärken, Standorte von Kampfmittel Fabriken, Befehlsgewalten, Codes für Chiffrierungen und noch vieles mehr. Ich sah die Informationen vor meinem geistigen Auge. Hätte er danach gefragt, hätte ich ihm auch antworten können. Ich hätte nichts zurückhalten können. Das Zeug wirkte wirklich verdammt gut.

Ich fand die Frage immer noch lustig und konnte kaum mein Lachen unterdrücken. Warum war ihnen so viel an meinem Namen gelegen. War der nicht eigentlich völlig egal?

Hinter Lee sah ich ein leuchtendes Schimmern. Verwirrt starrte ich dorthin. In meinem Kopf hörte ich eine vertraute Stimme flüstern.

„Dein Name ist der Schlüssel überhaupt."

Jetzt sah ich schon ein freundliches Gesicht in dem Schimmern.

„Beeil dich, du hast nicht mehr viel Zeit."

Dann war das Schimmern verschwunden und ich war mir wieder bewusst, wo ich war.

"Mein Name ist Bond, James Bond...", platze es dann irgendwann aus mir heraus.

Und ich konnte nicht mehr. Ich prustete laut los. Ich lachte so lange bis mir die Tränen die Wangen hinunterliefen und ich kaum mehr Luft bekam.

Der Delegierte starrte mich wütend an, aber das reizte mich noch mehr zum Lachen.

Der Chef sah mich besorgt an. Aber es war zu spät. Ich konnte einfach nicht mehr aufhören zu lachen.

In einem letzten verzweifelten Augenblick formulierten meine Lippen ein stummes "Hilfe!" Er sah es und wurde hektisch.

Kapitel 15

Um mich herum brach eine ungeordnete Hektik aus.

Ich selber betrachtete meinen leblosen Körper einer erhobenen Position. Ich freute mich, dass er so ruhig und entspannt wirkte. Alle Schmerzen waren von ihm abgefallen.

Der Chef hatte ein AED geholt und war dabei die Paddle aufzukleben. Die Schwester hatte die Liege zurückgestellt. Neben ihr stand eine Sauerstoffflasche.

Die übrigen Delegationsmitglieder saßen untätig herum. Einer fluchte, weil er sein Ergebnis jetzt schwinden sah. Der Chef wirbelte und tat und ich sah mir das Ganze von oben an.

Ein paarmal spürte ich ein zerren, aber ich wollte nicht zurück. Wozu auch? Ich stemmte mich dagegen.

Dann fühlte ich plötzlich einen Stoß von hinten und ich war zurück in meinem Körper. Ohnmächtig und gefangen.

„Du kannst noch nicht gehen! Es warten noch einige Aufgaben auf dich!" flüsterte wieder diese Stimme in meinem Kopf.

Das EKG piepste leise vor sich hin.

Mein Körper krampfte und zuckte nach wie vor. Der Chef zog mit zitternden Händen eine weitere Spritze auf. Er nahm die lange Nadel und stach mir mitten ins Herz. Ich spürte einen heftigen, stechenden Schmerz. Kurz darauf hörten die Krämpfe auf.

Völlig erschöpft lag ich auf dem Rücken und rang mühsam nach Luft. Ich sah mich blinzelnd um.

Langsam, ganz langsam kamen alle wieder zur Ruhe. Der Chef nickte der Schwester zu. Sie fuhr mich mit der Liege in eine halbaufrechte Position.

"Geht`s wieder?", fragte der Chef. Er sah ehrlich besorgt aus.

"Ja.", brachte ich krächzend hervor. Meine Stimmbänder fühlten sich an, als ob ich eine Nacht durch gebrüllt hätte.

"Okay.", fuhr er fort. "Dann sollten wir jetzt weiter machen. Sonst fangen wir noch mal von vorne an." Er zwinkerte mir zu. Trotzdem zuckte ich innerlich zusammen. Nicht nochmal!

Doch ich hatte keine Wahl.

"Bitte, keine weitere Spritze mehr!", flehte ich ihn an.

Er sah mich an - lange und intensiv, warf einen Blick aufs EKG und schaute zu mir zurück. Mit seinen Händen öffnete er meine Augen und leuchtete hinein. Wieder weg und wieder rein. Dann runzelte er kurz die Stirn.

"Wenn ich die Sache richtig sehe, brauchen wir auch nichts mehr – aber wir bekommen auch nichts mehr.", sagte er dann.

Ein Schatten huschte über sein Gesicht.

Die Mitglieder der Delegation standen nach und nach auf und verließen den Raum. Einer blieb beim Chef stehen und drückte ihm die Hand auf die Schulter.

"Du konntest nichts dafür.", sagte er zum Chef. "Du hast alles versucht, was ging. Wir bekommen schon noch eine Chance, um an die Informationen heranzukommen." Dann ging auch er.

Ich war mit dem Chef alleine - was war hier los?

"Versuch bei mir zu bleiben.", raunte er mir leise zu. Die Schwester kam und deckte mich mit einer sauberen weißen Decke zu. Sie begann an den Füssen, steckte die Decke dort ordentlich fest und zog sie dann immer höher. Sie legte sie über meinen Kopf. Ich dachte, sie würde sie nun wieder zurückschlagen, damit sie doppelt lag - aber das tat sie nicht. Ich wollte mich lautstark beschweren, aber ich konnte es nicht. Langsam wurde mir unheimlich. Ich spürte wie Panik in mir aufstieg. Aber nicht einmal in der Panik, die ich empfand, konnte ich mich bewegen. Nichts rührte sich, kein Laut drang aus meinem Mund.

"Ruhig, Kleines.", hörte ich den Chef flüstern. "Ich hole dich gleich da raus. Nur noch einen kurzen Moment Geduld."

Aber er deckte wenigstens mein Gesicht wieder auf.

Zärtlich streichelte er über meine Stirn. Tränen liefen ihm in dicken Rinnen die Wangen hinunter. Er setzte sich neben mich.

Die Schwester kam wieder herein. "Soll ich dir helfen?", fragte sie den Chef.

Aber er schüttelte den Kopf, unfähig ein vernünftiges Wort hervorzubringen. Die Schwester sah ihn betreten an. Sie legte ihm für ein paar Minuten die Hand auf die Schulter. Sie streckte die Hand aus und wollte mir die Augen schließen.

"Nein, tu`s nicht.", bat er sie.

Darauf zuckte sie mit den Schultern und ging.

Der Chef legte seinen Kopf auf meinen Bauch und schluchzte. Nach einer endlos langen Zeit raffte er sich auf und trocknete sich das Gesicht.

"Es tut mir leid.", flüsterte er mit noch immer tränenerstickter Stimme.

Dann begann er die EEG und EKG Elektroden zu entfernen. Er sammelte alles um mich herum ein. Auf zwei der kleinen Tabletts lagen insgesamt 5 Spritzen, die alle leer waren. Dazu kamen noch zwei weitere, mit einem Restinhalt. Er holte eine Kladde und trug alles darauf ein, checkte es mit dem Protokoll.

Er löste die Fesseln. Dabei begann er am Kopf. Lange ruhte sein Blick auf meinen Augen, schließlich atmete er tief durch und schloss mir sanft die Augen.

Dann beugte er sich vor und gab mir einen Kuss auf jedes Auge. Sanft fuhr er mit dem Zeigefinger über meine Lippen.

Die anderen Fesseln waren dann schnell gelöst. Doch noch immer wollte er nicht gehen. Er konnte einfach nicht.

Wieder setzte er sich zu mir. Ich fühlte, wie er meine rechte Hand in seine nahm, sie sanft küsste und zärtlich, aber bestimmt auf meinem Brustkorb ablegte. Das gleiche machte er mit der linken Hand. Er drückte beide abschließend. Traurig nahm er das Laken und zog es mir über den Kopf.

Dann wurde es still um mich herum.

Kapitel 16

Was war hier los? War ich tatsächlich tot? Aber wieso fühlte ich dann noch und wieso konnte ich noch hören und vor allem denken?

Irgendetwas stimmte hier ganz und gar nicht.

Nach einiger Zeit kamen Pfleger und hoben mich von der Liege auf eine Bahre und fuhren mit mir davon. Sie brachten mich in einen kalten Raum. Mich fror ganz entsetzlich, aber ich konnte nichts tun. Wie auch? Ich begriff es immer noch nicht. Irgendjemand musste mir helfen.

Nach einer endlosen Zeit kamen weitere Männer. Sie deckten mich auf. Ich hatte schon Hoffnung, dass sie mich hören könnten. Aber sie legten mich auf einen kalten Metalltisch und entkleideten mich. Anschließend wuschen sie mich und kleideten mich neu ein. Ich dachte dabei an meine Zeit im Harem - auch damals wurde ich gewaschen. Aber das hier fühlte sich anders an. Meine Haare wurden noch einmal extra gespült und zu einer kunstvollen Frisur drapiert.

Ich hatte Angst.

Als sie fertig waren, legten sie mich in einen Sarg. Sie deckten mich mit einer Seidendecke zu und falteten meine Hände. Dann verschlossen sie den Sarg.

Das konnte doch alles nicht wahr sein. Merkte denn keiner seinen Fehler? Ich lebte doch noch, wie konnten sie mich da in einen Sarg sperren?

Ich fühlte, wie der Sarg mit mir weggefahren wurde, nur ein kurzes Stück dann ein Stopp. Ich hörte Stimmen. Eine sonore Stimme stand vor dem Sarg und hielt eine Rede. Dann war auch das vorbei. Der Sarg wurde angehoben und abgesenkt.

Alles was ich noch hörte waren dumpfe Geräusche, als Erde auf den Sarg geworfen wurde, immer und immer wieder.

Kapitel 17

Ich weiß nicht, wie lange ich so gelegen habe. Ich wusste auch nicht, ob ich wach war oder schlief. Alles war eins.

Wie sollte ich hier wieder heraus kommen?

Denn auch wenn ich mich jetzt noch lebendig fühlte - wie lange konnte es so bleiben? Ohne Essen, ohne Trinken und ohne Luft.

Ohne Luft?

Wie auf ein geheimes Stichwort fühlte ich wie sich mein Brustkorb zu heben begann. Ich spürte, wie ich lange und tief einatmete. Beim Ausatmen begann ich zu husten. Nach und nach kehrten meine Gefühle zurück. Meine Fingerspitzen zuckten zuerst, dann die Hände und die Arme.

Mein Glück über meine wieder gewonnenen Fähigkeiten, währte nur kurz. Erst jetzt wurde ich mir meiner Lage richtig bewusst. Die Luft war schon jetzt muffig. Ich sehnte mich nach frischer Luft. Eine sanfte Brise vom Meer her, mit vielen würzigen Aromen. Eine Luft, die nach Salz schmeckte und in der einem das Atmen fast schwerfiel, die aber so viel Sauerstoff enthielt wie sonst keine.

Ich blinzelte in der Dunkelheit. Über mir war ein kleines rotes Licht angegangen. Neben mir zischte es leise. Und ich konnte leichter atmen.

"Halt durch.", hörte ich eine verzerrte Stimme. "Ich kann dich jetzt noch nicht rausholen. Aber ich habe dir eine Sauerstoffflasche eingepackt. Damit solltest du ein wenig länger auskommen."

Ich nickte stumm. Ich verstand zwar immer noch nicht, was hier geschah. Aber anscheinend war jemand da, der mich aus meiner Lage befreien würde.

Kapitel 18

Ich weiß nicht, wie lange ich so gelegen habe. Ab und zu - wenn die Luft zu stickig wurde nahm ich einen tiefen Atemzug aus der Sauerstoffflasche. Dann ging es wieder. Ich war selber ganz erstaunt, dass ich nicht mehr Panik empfand - erstaunlicher Weise war ich ruhig.

Andererseits - was sollte ich auch machen? In Panik rumzappeln würde auch nicht helfen, dass ich schneller befreit würde.

So lag ich also und wartete. Beinah hätte ich darüber die ersten Anzeichen verpasst.

Ich hatte gerade den letzten Atemzug aus der Sauerstoffflasche genommen und fragte mich wie es wohl weiter gehen sollte. Ich gab mir so noch ein oder zwei Stunden - dann würde ich ersticken. So richtig viel Luft ist ja in einem Sarg einfach nicht - muss im Normalfall aber auch nicht.

Plötzlich hatte ich das Gefühl es würde heller werden. Aber wie war das möglich? Ich sah zur Decke und stellte fest, dass dort eine kleine Lampe leuchtete - direkt neben dem roten Punkt. Als ich genauer hinsah, fand ich eine kleine Kamera. Neugierig sah ich hinein.

"Hi du!", flüsterte mir eine Stimme ins Ohr. "Hast du noch Luft in deiner Flasche?" Ich schüttelte den Kopf.

"OK. Dann sollten wir langsam anfangen.", sagte die Stimme. "Du solltest deinen Mund und deine Augen abdecken. Ich weiß nicht, wie wir dich herausholen können. Und die Särge halten nicht so viel aus." Er machte eine Pause. "Wenn alles gut geht, bist du in etwa einer Stunde draußen. "

Ich atmete auf - das klang gut. Aber wer war das? Wer holte mich hier raus? Ich war mir fast sicher, dass es nicht der Chef sein konnte. So wie er getrauert hatte, machte es auch keinen Sinn.

Nun, in spätestens zwei Stunden würde ich es wissen.

In der Zwischenzeit wartete ich. Doch es schien nichts zu passieren. Langsam wurde die Luft echt knapp. Es war warm und stickig. Mühsam holte ich Luft und merkte doch, dass ich nicht genug Sauerstoff bekam. Schweiß lief mir den Rücken entlang und auch über die Stirn. Dabei lief er mir fast in die Augen. Aus einem Reflex wollte ich ihn wegwischen, aber der Platz reichte dafür nicht. Die

Wände kamen immer dichter an mich heran. Jetzt bekam ich Platzangst. Ich wollte nur noch raus. Ängstlich drehte ich mich so gut es ging und versuchte einen anderen Ausgang zu finden.

Aber es gab keinen.

"Bleib ruhig! Wir sind gleich da.", hörte ich wieder die Stimme. "Atme ganz ruhig."

Aber ich konnte nicht. Rational wusste ich es war falsch, aber meine Atmung war flach und schnell. Meine Lunge ließ keine tiefen Atemzüge mehr zu.

"Tief einatmen!", die Stimme gab mir den Rhythmus vor. "Tief in den Bauch einatmen und wieder lange und langsam ausatmen. Und gleich nochmal. Tief in den Bauch einatmen und lange und langsam ausatmen."

Meditativ folgte ich den Anweisungen.

Nach und nach gelang es mir so meine Atmung wieder unter Kontrolle zu bringen.

"Ok. Bist du wieder bei uns?", fragte er.

Ich nickte. Musste aber ein Husten unterdrücken. Die Luft war wirklich zu ende.

"Danke!", murmelte ich.

"Nicht sprechen. Das kostet zu viel Luft. - Konzentrier dich auf die Atmung!"

"Wir müssen dich anders als geplant rausholen. Es kann noch dauern."

"Nein, bitte nicht noch länger!", dachte ich verzweifelt.

"Wir graben nicht von oben - sondern von der Seite und unten. Es war einfach noch zu viel los.", sagte er. "Also nicht erschrecken, wenn es anfängt zu vibrieren. Und mit etwas Pech kann es auch passieren, dass wir genau unter dir landen und dann könnte - theoretisch - der Boden nach unten wegbrechen."

Ich nickte. Mir war alles andere als wohl in meiner Haut. Aber was sollte ich machen. Wieder einmal blieb mir nichts anderes übrig als zu warten.

Dann endlich spürte ich eine gewisse Unruhe im Erdreich. Erst hörte ich nur ein weit entferntes leises Brummen. Das wurde aber beständig lauter und kam dichter. Schließlich war es ganz dicht - aber ich konnte nicht orten aus welcher Richtung es kam. Aufgrund der Vibrationen wackelte der ganze Sarg. Ich hatte das Gefühl, er würde jeden Moment zusammenstürzen. Und tatsächlich, kaum hatte ich es gedacht, begann der Sarg am Fußende zu bröckeln. Erste Erdklumpen fielen auf meine Füße. Gleichzeitig wurde das Pochen am Kopfende immer lauter. Dann noch ein lautes Krachen und hinter mir war der Sarg offen. Ich drehte mich auf den Bauch und sah mich einem Drillbohrer gegenüber. Erschrocken hob ich die Arme vors Gesicht.- Zum Glück. Kurz darauf spürte ich, wie sich die Spitze in meinen Arm bohrte. Vor Schmerz schrie ich laut auf.

"Alles OK?", fragte die Stimme. Ich fluchte laut.

"Nein verdammt! Stellt den Bohrer ab. Meinen Arm hat er schon angebohrt.", schrie ich.

Fast im selben Moment stoppte der Bohrer.

"Hat er dich schlimm erwischt?", fragte die Stimme besorgt.

"Es geht.", antwortete ich, "Es blutet und tut im Moment lausig weh. Ich kann den Arm kaum bewegen."

Ich nahm mir eins von den Laken und wickelte es als provisorischen Verband um den Arm. Dabei verzichtete ich bewusst darauf mir die Wunde genauer anzusehen. Dafür gab es später Profis - jetzt musste ich erst mal hier raus.

"So, wir ziehen jetzt den Bohrer langsam raus. Meinst du, du kannst dicht an ihm dranbleiben und so raus robben?"

"Ich versuch's.", antwortete ich. "Macht aber bitte nicht zu schnell. Ich bin mir noch nicht ganz sicher, ob ich mich schon schnell bewegen kann."

"Auf geht's!", sagte er, "Zeig mir den Daumen nach oben, wenn du soweit bist."

Ich drehte mich auf den Bauch, atmete noch ein-, zweimal durch und gab dann das Signal.

Es war ein merkwürdiges Gefühl so durch das Erdreich zu kriechen. Ich hielt meinen Kopf dicht am Bohrer. Auch auf die Gefahr hin, dass er aus Versehen losging. Dort war die einzige erdfreie Stelle, an der ich einigermaßen atmen konnte. Hinter mir spürte ich, wie der Boden wieder nachgab. Ein paarmal hatte ich das Gefühl, meine Beine würden in der Erde feststecken.

Nach einer gefühlten Ewigkeit konnte ich endlich Tageslicht erblicken. Auch wenn es noch ein gutes Stück nach oben war, so konnte ich ab da befreit und leicht klettern.

Dann war es geschafft. Zwei starke Arme halfen mir aus der Erde. Geblendet zwinkerte ich. Meine

Augen tränten. Ich war so erleichtert, dass ich wieder draußen war. Aber meine Augen tränten auch wegen des hellen Lichts. Wortlos reichte mir der Betreuer eine dunkle Sonnenbrille. Dankbar setzte ich sie auf.

Ich setzte mich erleichtert hin und atmete tief durch. Dann sah ich mich um.

Erstaunt erkannte ich, dass mein Rettungsteam nur aus zwei Personen bestand, dem Chef und meinem Betreuer.

Ich runzelte die Stirn.

Kapitel 19

"Nicht ganz das, was du erwartet hast.", der Betreuer sah meinen skeptischen Blick.

Ich schüttelte den Kopf. "Ich habe eigentlich gar nichts mehr erwartet. Dies hier ist schon mehr als erhofft." Ich deutete auf den Himmel über mir. "Ich freue mich hier zu sein. Egal was jetzt kommt." Ich hielt kurz inne. "Nein, ganz egal ist es mir natürlich nicht."

Der Betreuer nickte. "Ich kann mir denken, was du meinst."

Suchend sah ich mich nach dem Chef um. Der Chef stand schüchtern etwas Abseits. Als unsere Blicke sich trafen, durchzog ein seltsame Gefühle meinen ganzen Körper.

Lächelnd sah er zu mir rüber. Dann stand er auf und kam zu mir herüber. Der Betreuer lächelte mir aufmunternd zu, blieb aber neben mir stehen.

Ich wusste nicht was ich machen sollte. Mein Körper sehnte sich nach einer zärtlichen Berührung vom Chef oder nach einer kräftigen Umarmung - aber mein Geist sagte mir etwas ganz anderes.

"Lauf - solange du noch kannst! Lauf ganz schnell!", kurzfristig war ich versucht tatsächlich wegzulaufen. Aber wohin konnte ich dann gehen? Ich erinnerte mich nach wie vor nur an meine Gefangenschaft und die Folter hier. Also blieb ich.

Dann stand er vor mir. Schüchtern sah er mich an. Verlegen lächelte er dabei. Ich lächelte zurück, konnte aber meine Gefühle nicht wirklich einordnen. Einerseits war ich froh aus dem Grab entkommen zu sein. Dafür war ich dem Chef auch unendlich dankbar. Andererseits - was wollte er von mir? Was erwartete er? Und was erwartete mich?

Der Chef gab sich einen Ruck, trat noch einen Schritt dichter auf mich zu und schloss mich in seine Arme. Nur zu gerne erwiderte ich die Umarmung. Für diesen Moment konnte ich alles vergessen. Ich fühlte seine Herzlichkeit. Die Umarmung war wirklich ehrlich gemeint.

Der Betreuer war einen Schritt zurückgetreten. Sichernd sah er sich um.

"Chef, wir müssen weg hier.", flüsterte er eindringlich.

Der Chef drückte mich noch einmal kräftig und ließ dann los. Er nickte dem Betreuer zu. Der setzte sich in den Bohrwagen und fuhr los. Dann sah er mich an.

"Kommst du mit mir?", fragte er.

Verwundert sah ich ihn an. Hatte ich eine Wahl?

In meinem Bauch kribbelte es ganz fürchterlich. Wenn ich jetzt mitging, hatte ich keine Entschuldigung mehr. Dann war ich freiwillig in seiner Hand. Mein Verstand sagte mir, dass ich es nicht tun sollte - auf gar keinen Fall.

Doch gleichzeitig fragte ich mich, wo ich denn sonst hinsollte. Nach wie vor wusste ich nicht wer ich war oder wo ich hingehen könnte. So war es erst mal das einfachste mitzugehen.

Also nickte ich.

"Schön, ich freu mich.", sagte der Chef.

Aus einem Reflex heraus griff der Chef in seine Jackentasche und holte Handschellen hervor. Ich zuckte zusammen. Der Chef sah auf seine Hand mit den Handschellen und lächelte.

"Sorry - Macht der Gewohnheit.", damit steckte er die Handschellen wieder weg und nahm mich bei der Hand. Zu Fuß verließen wir den Friedhof und hielten auf ein kleines Wäldchen zu.

"Wir dürfen nicht vor der Dämmerung ins Quartier zurück.", erklärte er mir. "Es darf dich niemand dort sehen. Sonst sieht es für uns beide übel aus." Aufmunternd sah er mich an.

Nachdenklich ich sah ich ihm in die Augen. "Soll ich lieber gehen?", fragte ich dann. "Ich möchte dich nicht in Schwierigkeiten bringen. Ich bin dir wirklich dankbar für die Rettung, aber deswegen bist du zu nichts verpflichtet." Ich wollte noch mehr sagen, aber der Chef hatte mir seinen Finger auf den Mund gelegt.

"Red' keinen Quatsch.", sagte er dann. "Wenn ich nicht mit dir zusammen sein wollte - oder mir das Risiko deiner Rettung zu groß gewesen wäre, dann hätte ich dich in deinem Grab vermodern lassen können - oder gleich andere Mittel eingesetzt - dann wärst du jetzt tatsächlich tot."

Betroffen schwieg ich.

"Mach dir mal keine Sorgen.", fuhr er fort, "Ich weiß schon was ich tue - wir müssen nur vorsichtig sein."

Wir hatten ein Auto erreicht und stiegen ein - ich wie immer mit einem mulmigen Gefühl auf der Beifahrerseite. Ganz entgegen meinen Erwartungen hielt er mir die Tür auf und schloss sie auch, nachdem ich eingestiegen war. Dann stieg er auf der anderen Seite ein. So saßen wir einige Zeit schweigend nebeneinander. Irgendwann tastete er vorsichtig nach meiner Hand. Erst zuckte ich weg, aber dann ließ ich ihn gewähren. Es fühlte sich gut an. Und ich begann mich zu entspannen. Erst jetzt merkte ich wie müde ich war. Ein paarmal bin ich einfach so eingenickt, fand aber keinen erholsamen Schlaf. Immer wieder schreckte ich hoch.

Nach einiger Zeit gab ich es auf und setzte mich aufrecht hin. Der Chef sah es und schaute mir in die Augen.

"Wir müssen noch über deinen Status reden.", sagte er.

Was wollte er mir denn jetzt damit sagen?

"Offiziell bist du tot.", sagte er dann. "Damit hast du auch alle Rechte verloren.", fuhr er fort.

"Momentmal - ", unterbrach ich ihn. "Was hatte ich dann vorher - als Sklave - für Rechte?"

"Als normaler Sklave hast du zumindest das Recht auf eine angemessene Unterbringung und Verpflegung. Du darfst nicht unnötig und über das übliche Maß hinaus schikaniert werden. Und dein Herr muss für ausreichend Beschäftigung sorgen. -

Außerdem ist der Sklavenhalter dazu verpflichtet für medizinische Versorgung zu sorgen. Tut er eins - oder mehrere - Dinge nicht, dann kann er im Zweifelsfall enteignet werden." erklärte der Chef.

"Wow!", staunte ich. "So wie das klingt wäre ich aber echt gerne Sklave. Hört sich nach einem sorgenfreien Leben an." Ich konnte mir eine gewisse Ironie nicht verkneifen. Der Chef sah mich maulig an.

"Ja, so lautet das Gesetzt.", versuchte er sich zu verteidigen. "Aber, ähnlich der Massentierhaltung, gibt es hier Spielräume, die nahezu jeder Sklavenhalter ausnutzt. Es ist sonst einfach zu kostspielig geworden."

Ich verstand die Philosophie immer noch nicht. Dazu musste man wahrscheinlich in dieser Gesellschaft aufgewachsen sein.

"Was habe ich dann falsch gemacht?", fragte ich ihn. "Mein Leben als Sklave bei euch war aber ganz anders..."

"Stimmt, bei dir war es anders.", pflichtete er mir bei. "Und zwar von dem Moment an, als wir dich erkannten. Und das war schon auf dem Sklavenmarkt, wo wir dich gekauft haben. Daher haben wir auch einen unerhörten Preis für dich bezahlt. Er lag weit über dem, was normale Arbeiterinnen kosten. Für den Preis kauft man sonst nur Zuchtexemplare."

Er sagte das Ganze in einem normalen Tonfall. Dabei sah er mich an, als ob er auf irgendetwas stolz wäre - oder als ob es ein Kompliment wäre, für so viel Geld gekauft zu werden. Ich empfand aber nicht so. Im Gegenteil - mir wurde schlecht vor Ekel. Angewidert wandte ich mich ab.

Er ließ meine Hand los. Für einen kurzen Moment hatte ich Angst, er würde mich jetzt schlagen. Aber nichts passierte.

Nach etwa zehn Minuten, nahm er mein Kinn und drehte meinen Kopf wieder zu ihm um. "Es tut mir leid.", sagte er dann sanft. "Ich vergesse immer wieder, dass du tatsächlich nicht als Sklavin geboren wurdest - wie es in deinen Papieren steht. Weißt du was dich verraten hat?"

Ich schüttelte den Kopf.

"Das waren deine Augen.", sagte er "Deine Augen leuchten von Innen und haben eine Ausstrahlung wie man sie sonst nur bei Königen findet."

Jetzt fühlte ich mich doch geschmeichelt. Ich sah ihn an und entdeckte keine Unehrlichkeit in seinem Blick.

Kapitel 20

Mittlerweile war es ganz dunkel geworden und der Chef startete den Wagen. Ich lehnte mich im Sitz zurück und winkelte die Beine an. Was sollte jetzt aus mir werden? Verstohlen schielte ich zum Chef hinüber. Er bemerkte meinen Blick und lächelte. Dann konzentrierte er sich wieder auf die Straße.

Viel schlimmer, als das was ich bisher hier erlebt hatte, konnte es unmöglich werden. Also konnte ich eigentlich ganz ruhig bleiben. Trotzdem merkte ich wie ich mit jedem gefahrenen Kilometer unruhiger wurde.

Der Wagen stoppte und der Chef stieg aus. "Warte kurz hier.", bat er mich. "Ich muss etwas holen." Damit blieb ich alleine im Wagen zurück. Mit jeder verstreichenden Minute wurde ich immer nervöser. Schließlich schrie ich spitz auf, als der Chef überraschend die Tür öffnete.

"Ruhig, Kleines!", er grinste gemein. "Komm!" Also stieg ich aus dem Wagen aus. Leise schloss der Chef die Tür. Dann legte er mir einen langen Mantel mit einer Kapuze um. Erschrocken fuhr ich herum, als ich ein Geräusch von links hörte. Nervös sah ich mich um. Der Betreuer kam aus dem Schatten hervor. Aber das Geräusch kam nicht von ihm. Schließlich erkannte ich das Geräusch. Es waren klirrende Ketten. Der Chef streckte die Hand aus und der Betreuer gab ihm eine schwere Eisenkette.

"Nein, bitte nicht!", flehte ich den Chef an. Er hatte sich frontal zu mir gedreht. "Doch es muss sein!", antwortete er streng. Dabei hatte er sich schon meine erste Hand genommen und ließ die Fessel hart einrasten. Dann nahm er den Arm und führte ihn unter dem Mantel nach hinten. Dann griff er sich meine zweite Hand und führte auch sie nach hinten. Während er die zweite Fessel einrasten ließ, stand er ganz dicht vor mir und sah mir tief in die Augen. Fast hatte ich das Gefühl, er wollte mich küssen. So intensiv war dieser Kontakt.

"Sorry, aber ich kann dich hier nicht ungesichert herumlaufen lassen.", sagte er. "Nicht, solange dein Status nicht geklärt ist."

"Ich hoffe es ist nicht zu unbequem.", fragte er nach einer Pause. Ich war jetzt echt sauer und wütend.

Als ich nicht antwortete, wurde auch der Chef wütend. "Ich weiß ja nicht, was du von mir erwartest. Aber auch ich habe meine Vorschriften. Und die Erfahrung hat mich gelehrt mit Gefangenen vorsichtig zu sein."

"Eine Gefangene - das bin ich also jetzt?", fragte ich zurück.

"Zurzeit schon. Oder was hast du erwartet?", antwortete der Chef. "Und ich habe dich bisher mit mehr Respekt behandelt als die meisten anderen. Weil ich deine Lage verstehe. Zwing mich nicht dazu es anders zu sehen."

Ich atmete tief durch. Wieso regten mich die Fesseln jetzt so auf? Ich wollte mich nicht mit dem Chef streiten. Der Betreuer hatte schweigend zugehört.

"Gib mir das Halsband!", fuhr der Chef ihn jetzt an. Doch der Betreuer schüttelte den Kopf. "Chef - nein. Das willst du jetzt nicht tun."

"Verdammt, willst du wieder mit ihr tauschen?", fragte er streng. Der Betreuer zuckte zusammen. Achselzuckend griff er in seine Tasche. Wortlos reichte er dem Chef ein Lederhalsband.

"Du musst selber wissen, was du tust.", murmelte er.

Der Chef legte mir das Halsband an. Überprüfte kurz seinen Sitz. "Kette!", blaffte er den Betreuer an. Der hatte schon eine herausgesucht und gab sie dem Chef. Zufrieden griff er danach. Dann verband er das Halsband mithilfe der Kette mit den Handfesseln.

Ich schluckte - ich wollte nicht aufstöhnen. So atmete ich tief durch. Den Blick hielt ich gesenkt. Der Chef stand noch immer ganz dicht vor mir. Er nahm mein Kinn und drückte es hoch, so dass ich ihn ansehen musste.

"Du verstehst schon noch was das hier alles soll.", flüsterte er kaum hörbar, dabei zwinkerte er mir fast fröhlich zu. Ich war jetzt völlig verwirrt. Dann schloss er den Mantel mit einer Spange am Hals und zog mir die Kapuze tief ins Gesicht, dabei stupste er mir noch die Nase.

Mit einem Wink setzte sich der Betreuer in Bewegung. Der Chef legte mir seinen Arm um die Schulter und führte mich so. Ich wollte den Blick stur nach unten halten, aber aufgrund der Fesselung war mir das nicht möglich. Der Zug auf dem Halsband verursachte eine gewisse Luftknappheit, wenn ich mich zu weit nach vorne lehnte. Also hielt ich mich aufrecht. Wenn ich mich zu weit nach vorne beugte, zog der Chef kurz an meinen Armen und ich richtete mich wieder auf.

"So machst du das gut.", raunte mir der Chef ins Ohr. Ich freute mich über das Lob, wusste aber nicht

146

wirklich, wofür es war. Verwundert runzelte ich die Stirn. Was sollte das hier?

Dann kamen wir zum ersten Gebäude. Vor dem Eingang waren Wachen postiert. Der Chef zog mich noch dichter an sich heran. Er grüßte den diensthabenden Wachposten und ging weiter, dabei schob er mich forsch an ihm vorbei.

"Immer Lächeln.", flüsterte er mir zu. "Tu wenigstens für einen Moment so, als würdest du dich bei mir wohlfühlen."

Ich setzte zu einer scharfen Erwiderung an, als ich den Wachposten hinter uns hörte. "Stopp!"

"Bitte, Sir.", ihm schlotterten vor Respekt die Knie. "Sie müssen ihren Besuch anmelden."

Mir wurde heiß und kalt zugleich. Er übergab mich dem Betreuer und ging auf den Wachposten zu. Der arme Kerl tat mir schon richtig leid. Mit jedem Schritt, den der Chef auf ihn zumachte, wurde er kleiner. Dann baute sich der Chef richtig vor ihm auf.

"Gut aufgepasst, Mann.", sagte der Chef zu ihm. "Sie machen hier einen guten Job. Einen sehr guten sogar." Dabei klopfte er ihm auf die Schulter. Sichtlich erleichtert atmete der Wachposten auf.

"Geben sie mir die Besucherliste.", sagte er dann. "Ich werde uns gleich darauf eintragen." Mit zittrigen Händen reichte der Wachposten die Liste herüber.

Der Chef nahm die Liste und schrieb etwas darauf. Anschließend reichte er sie dem Wachposten zurück. Der schaute kurz auf die Eintragung, stutzte und riss die Augen auf.

Der Chef reagierte gar nicht auf den Wachposten. "Weiter so.", sagte er zu ihm. "Ich fühle mich gut von ihnen beschützt. Wenn sie mal einen anderen Posten wollen, rufen sie mich an."

"Ja, Sir! Danke, Sir.", der Wachposten glühte vor stolz. Dann trat er wieder in seine Kabine zurück.

Der Chef marschierte grinsend auf uns zu. Er sagte nichts, legte stumm seinen Arm um mich und führte mich weiter. Der Betreuer ging vorweg.

Nach einigen weiteren Fluren und unzähligen Überwachungskameras, hatten wir unser Ziel erreicht. Der Chef öffnete die Tür mit einem Iris Scan.

Er lächelte mich an. "Schien mir das Sicherste für mein Quartier. - Komm herein."

Der Betreuer sah den Chef fragend an und er nickte zustimmend. Dann nahm er mir die Fesseln ab.

"Und was wird jetzt?", fragte ich mich im Stillen.

Der Chef wuselte erst mal durch alle Räume, checkte das Licht und ging alles noch einmal mit einem "Wanzensucher" ab. Ich hatte ihn stumm beobachtet. Wie sollte hier jemand Abhörgeräte anbringen, wenn die Tür mit einem Irisscanner gesichert war. Er sah meinen fragenden Blick. "Jedes elektronische Schloss kann auch elektronisch überwunden werden.", antwortete er auf meine unausgesprochene Frage. "Mein Iris Scan ist im Hauptcomputer gespeichert. Warum also sollte es ihnen nicht möglich sein hier einzudringen."

Er lächelte dabei.

"Im Moment ist hier aber alles sicher. Ich glaube auch nicht, dass jemand hier war. Und selbst wenn - ich habe nichts zu verbergen."

"Und warum dann gerade die Kontrolle?", fragte ich.

"Es macht mir nichts belauscht zu werden, aber ich wüsste es halt gerne. Außerdem war es ganz interessant zu sehen, ob sie mir misstrauen oder nicht. Durch deine zweimalige Rettung haben sie mich im Fokus gehabt. Und mich genauer beobachtet.", antwortete er. "Aber durch deinen Tod bin ich da wieder raus."

"Aber was ist, wenn sie herausfinden, dass ich noch lebe.", mir war ganz schwummerig.

"Das, " und er betonte dieses das, "möchte ich mir gar nicht vorstellen."

Kapitel 21

Wie sollte es jetzt weiter gehen?

Nach dem Essen brachte mich der Chef in ein Zimmer. Hier stand ein gemütliches Bett mit vielen dicken Kissen und Decken. Ich freute mich darauf, darin zu schlafen. Er umarmte mich herzlich und gab mir einen Kuss auf die Stirn.

Dann griff er in seine Hosentasche und holte eine Medikamentendose hervor. "Du wirst sicherlich nicht so gut schlafen können. Deswegen habe ich hier für dich ein Schlafmittel. Eine hilft beim Einschlafen, zwei davon und du schläfst wie ein Baby in Mutters Armen.", dabei klapperte er leicht mit der Dose. Angewidert sah ich auf die Dose. Schon wieder Chemie.

"Ich zwinge dich zu nichts.", sagte der Chef, nachdem er meinen Blick bemerkt hatte. "Ich lass dir die Dose da - und wenn du Bedarf hast, dann greif zu. Klar wäre ich gerne bei dir, um deine Alpträume zu lindern, aber ich kann nicht." Er machte eine kunstvolle Pause. Fragend sah ich ihn an. Er schüttelte leicht den Kopf. "Ich brauche heute Nacht meinen Schlaf und Morgen muss ich mir überlegen, was ich mit dir mache."

Schweigend nahm ich die Pillen und stellte sie auf den Nachttisch. Der Chef kam mir nach. Zögernd stand er vor mir. Mit zitternden Händen strich er durch meine Haare, zärtlich streichelte er mein Gesicht. Ich seufzte und schloss die Augen. Vorsichtig küsste er mich auf den Mund. Ich erwiderte seinen Kuss. Es fühlte sich einfach nur toll an. Langsam ließ ich mich auf das Bett hinter mir sinken und der Chef kam mit. Auch hier küssten wir uns weiter. Zärtlich fuhr er mit seinen Fingern meinen ganzen Körper entlang.

Plötzlich riss er sich los. "Nein.", flüsterte er, "Nein, es geht nicht." Schwer atmend saß er auf der Bettkante. "Ich muss jetzt los.", sagte er noch. Stand auf und war weg.

Verwirrt sah ich ihm nach. Was sollte dann das schon wieder. Ich überlegte kurz, ob ich ihm nachlaufen sollte, entschied mich aber dagegen. Es würde nur wieder Streit geben. Und ich wollte mich nicht mit ihm streiten - worüber auch immer.

Also stand auch ich auf, schlug die Decken zurück. Als ich mich ins Bett legen wollte, stellte ich mit einigem Ekel fest, dass ich noch immer mein Leichenhemd trug. Schnell zog ich es aus und wickelte mir ein Laken um. Wie hatte ich das vergessen können? Ich öffnete die Tür und wollte nach einem Badezimmer fragen. So ungewaschen wollte ich nicht ins Bett. In meinem Haar befand sich sicher auch noch Erde. Mein Betreuer schaute belustigt auf mich runter.

"Wo ist das Bad?", fragte ich und wurde unter seinem Blick leicht rot. Das Grinsen des Betreuers wurde immer breiter.

"Man merkt doch, dass du in einem anderen Kulturkreis aufgewachsen bist.", sagte er freundlich. Er führte mich zurück ins Zimmer und öffnete eine versteckte Tür. "hier ist dein Ankleidezimmer.", erklärte er. "Hier sind verschiedene Schlafanzüge und hier die Unterwäsche. Wenn es dir nicht gefällt - wir können noch andere Sachen holen."

"Nein, die Kleidung ist wunderschön.", staunte ich. Ich meinte es ehrlich. Ein ganzer Raum voller wunderschöner Kleider, welche Frau träumte nicht davon.

"Dann komm.", forderte mich der Betreuer auf. Er führte mich durch das Ankleidezimmer. Am Ende war wieder eine versteckte Tür. Als er sie öffnete, stand ich im Badezimmer.

"Dies ist dein privates Bad.", sagte er. "Der Chef hat vorhin schon Anweisung gegeben, dir ein Bad einzulassen." Damit deutete er auf die Badewanne. Sie war nicht ganz so groß wie im Harem, aber immer noch groß. In ihr war ein duftendes Schaumbad eingelassen. Es dampfte und ich wollte mich am liebsten sofort hinein gleiten lassen. Der Betreuer trat weiter ein. "Hier sind Shampoos und Duschgel. Und hier Cremes für hinterher.", er deutete auf einen Schrank. Tatsächlich standen dort etliche edel aussehende Flakons und Behälter. Ungläubig fasste ich sie an. Ich sah den Betreuer an.

"Und hier findest du Handtücher und Bademäntel. Ganz egal was du benutzen möchtest. Nimm dir einfach, was du brauchst.", fuhr er fort. "Wenn du fertig bist, lass alles so wie es ist. Du brauchst hier nichts sauber zu machen oder wegzuräumen. Dafür haben wir hier unsere Hausgeister. Du würdest sie beleidigen, wenn du ihnen die Arbeit wegnimmst."

"Ich muss jetzt hier raus.", sagte er dann, "Das Betreten eines Privatbades einer fremden Frau ist normaler weise verboten und wird streng bestraft. Also gehe ich jetzt lieber. Nur eins noch. Durch die Tür dort drüben gelangst du direkt in das Schlafzimmer. Wenn du also heute Nacht einmal ins Bad musst, brauchst du nicht den weiten Weg durch das Ankleidezimmer zu nehmen. Die Tür befindet sich links neben deinem Bett." Damit war er weg. Ich stand völlig verschüchtert in diesem
154

Bad. Wie im Traum zog es mich zu der Badewanne. Testend hielt ich meine Hand hinein. Das Wasser hatte genau die richtige Temperatur. Wie war das möglich? Egal!

Ich suchte mir aus dem kleinen Schrank ein Shampoo und ein Duschgel und ließ mich dann ins Wasser gleiten. Es fühlte sich supergut an. Ich tauchte meinen ganzen Körper in traumhaft warmes Wasser.

Ich rutschte so tief, dass auch meine Haare nass wurden. Wiegend schaukelte ich meinen Kopf vom einen Wannenrand zum anderen. Dann drückte ich mich wieder ein Stück hoch und legte mich entspannt zurück. Dabei merkte ich, wie müde ich tatsächlich war. Also wusch ich mich schnell und kletterte bedauernd wieder aus der Wanne. Ich kuschelte mich in die Handtücher und ging zurück ins Ankleidezimmer. Dort suchte ich mir einen langen Schlafanzug aus Baumwolle raus, zog ihn an und ging wieder ins Schlafzimmer. Erst jetzt fiel mir die Tür links neben dem Bett auf. Ich öffnete sie und fand mich wirklich im Vorraum zum Badezimmer wieder. Ich schloss die Tür, drehte mich um und krabbelte in mein Bett. Ich kuschelte mich in den Berg von Kissen und Decken. Auf dem Nachttisch standen einige Bücher. Ich nahm mir eins und las noch ein wenig vorm Einschlafen. Als mir die Augen dabei zufielen, legte ich das Buch beiseite und kuschelte mich ganz tief ein. Erstaunlicher Weise schlief ich schnell ein.

Kapitel 22

Doch der erholsame Schlaf war nur von kurzer Dauer. Schon nach wenigen Minuten - gefühlten Minuten - war ich wieder wach. Die eben noch so einladend wirkenden Kissen und Decken erdrückten mich förmlich. Ich war schweißgebadet und kämpfte mit der Luft. Schnell warf ich die Decken weg und setzte mich aufrecht hin. Mein Herz schlug bis zum Hals. Auf dem Nachttisch standen eine Flasche Wasser und ein Glas. Also goss ich mir ein Schluck ein und trank ihn genüsslich. Es tat gut. Das Wasser war kühl. Es schmeckte herrlich.

Ich legte mich wieder hin. Nahm mir das Buch und las wieder ein wenig. Aber irgendwie war das Buch langweilig. So legte ich es wieder beiseite. Mein Herz klopfte immer noch - so brauchte ich es nicht zu versuchen wieder einzuschlafen. Gleichzeitig merkte ich aber wie müde ich war. Ich wusste, ich musste jetzt schlafen. Nachdenklich nahm ich die Dose mit dem Schlafmittel in die Hand. Es war eine braune Plastikdose ohne jede Aufschrift. Darin befanden sich etwa 20 leicht gelbe, ovale Tabletten. Ich nahm eine in die Hand und betrachtete sie. Dann zuckte ich mit den Achseln und steckte sie mir in den Mund. Ich hatte schon das Glas in der Hand, aber im selben Moment spuckte ich die Tablette wieder aus.

"Bist du verrückt.", sagte ich zu mir, "Du kannst doch nicht einfach irgendein Medikament nehmen."

"Aber der Chef hat doch gesagt, ich könnte es nehmen.", antwortete ich mir selber.

"Derselbe Typ, der dich gefoltert hat, der dir den Arm aufgeschlitzt hat und dich anschließend so mit Mitteln vollgepumpt hat, dass du fast gestorben wärst? - Dem traust du?"

Langsam wurde es verwirrend.

"Nein, eigentlich nicht. Also ich sollte ihm nicht vertrauen. Aber er hat mich auch mehrfach gerettet..."
"Ja, nachdem er dich in die Sch...wierigkeit hinein gebracht hatte. Da war es ja wohl auch das Mindeste dich wieder herauszuholen."

"Ich brauche aber jetzt Schlaf. Tiefen, erholsamen Schlaf. Es nützt mir gar nichts, wenn ich die ganze Nacht wach bleibe und ich morgen unausstehlich bin. Oder ich vor Müdigkeit nicht verstehe, was von mir verlangt wird."

"Wer aber sagt dir, dass es sich tatsächlich um ein Schlafmittel handelt. Vielleicht ist da wieder so eine Wahrheitsdroge drinnen...".

"Und wenn schon... Hauptsache ich kann schlafen. Wenn er mich unter Drogen setzten will, kann ich so wie so nichts dagegen tun."

"Ja, stimmt auch wieder..."

Mir gingen die Argumente aus. Also fischte ich mir zwei von den Tabletten aus der Dose und schluckte eine nach der anderen runter. Dann legte ich mich auf den Rücken und kuschelte mich ein. Ich wartete, was passieren würde. Und eh ich noch nachdenken konnte, war ich auch schon eingeschlafen.

Traumlos schlief ich bis zum nächsten Morgen. Ich wachte erst auf, als ich eine sanfte Berührung spürte. Verschlafen sah ich mich um. Ich war noch immer in meinem Zimmer beim Chef. Er lag neben mir auf dem Bett und lächelte mich zufrieden an.

"Guten Morgen.", flüsterte er. "Gut geschlafen?"

Ich nickte. Tatsächlich fühlte ich mich erholt wie nach drei Wochen Urlaub. Er gab mir einen Kuss auf die Stirn und stand dann auf. Einen Augenblick später kam er mit einem Servierwagen und Frühstück wieder herein. Es duftete herrlich nach

Kaffee und Tee, nach Brötchen und frischem Orangensaft. Ein Teller mit Obst war auch dabei und Joghurt und alle die anderen leckeren Sachen, die eben zu einem richtig guten Frühstück dazu gehören – die man sich selbst aber viel zu selten gönnte.

Schnell hatte er einen kleinen Tisch im Bett aufgebaut und wir begannen mit unserem gemeinsamen Frühstück. Liebevoll schenkte er mir eine Tasse Tee ein und reichte sie herüber.

"Darjeeling, First Flush - war doch richtig, oder?", fragte er. Verwundert sah ich ihn an. Entschuldigend zuckte er mit den Schultern. "Du hast es uns unter der Folter verraten.", sagte er dann.

"Nicht alle Informationen sind unnütz. Mit einigen kann man durchaus etwas anfangen und sind nicht nur gut fürs Protokoll.", grinste er breit.

Mir war schon der Appetit auf das Frühstück vergangen. Ich merkte, wie ich blass wurde.

"He, was ist los?", ehrlich besorgt sah der Chef mich an.

"Ich weiß nicht...", begann ich vorsichtig, "Mir ist mit einmal total schwindelig." Meine Hand begann zu zittern und ich musste den Tee abstellen, um ihn nicht zu verschütten.

Konzentriert atmete ich durch. Langsam hörte das Zittern auf. Der Chef hatte mich die ganze Zeit über beobachtet.

"Es tut mir leid.", sagte er. "Ich hätte die Folter nicht erwähnen sollen."

Ich schüttelte den Kopf: "Das war es nicht. Das kam aus einer ganz anderen Ecke.", ich schluckte. "Das war der Tee. Da hängen Erinnerungen dran, die ich nicht gegriffen bekomme."

Trotzdem nahm ich mir die Tasse Tee wieder und hielt die Nase hinein. Langsam und genüsslich sog ich den herrlichen Duft ein. Diesmal war alles OK. Das weitere Frühstück lief dann ganz normal weiter.

Als wir alles mehr oder weniger aufgegessen hatten, räumte der Chef den Tisch ab. Dann setzte er sich wieder zu mir. Er nahm meine Hände fest in seine. Dabei sah er mich ernst an.

Was kam jetzt?

"Ich habe viel über dich nachgedacht.", begann er. Seine Finger spielten nervös mit meinen Händen.

"Und ehrlich gesagt habe ich noch keine Idee, wie es weiter gehen könnte."

Das war ja immerhin schon was, dachte ich. Er denkt zumindest nach.

"Ich will dir erklären, wo die Schwierigkeiten liegen.", fuhr er fort. Er atmete ganz tief durch. "Du bist als Sklavin von einer Organisation gekauft worden, in deren Vorstand ich eine nicht ganz so kleine Rolle spiele. Deinen Papieren nach bist du als Sklavin geboren worden und hattest schon einige zufriedene Besitzer. Aber schon auf dem Sklavenmarkt ist uns aufgefallen, dass du - nun - anders warst als die anderen. Dein Blick war stolz und aufrecht. Du hast dich nicht gescheut deinem Herrn in die Augen zu sehen - normalerweise eine Tat, die für Sklaven mit einer Bestrafung endet, günstigstenfalls bekommt der Sklave einen kurzen Hieb mit einem Elektroschocker. Und jeder weiß das. Deswegen tun gebürtige Sklaven so etwas einfach nicht. Es ist ein absolutes Tabu."

Ich zitterte bei der Vorstellung.

"Also konntest du auf gar keinen Fall eine gebürtige Sklavin sein. Und du wirst auch niemals eine Sklavin werden." Er lächelte. "Bevor du dich irgendjemanden ergibst oder unterwirfst, würdest du lieber sterben."

162

"Daher haben wir gleich angefangen dich zu foltern, nachdem du hier warst. Wir haben dabei festgestellt, dass einige Bereiche in deinem Gehirn durchaus leicht zu lesen waren. - Ich weiß nicht, ob das Absicht war. Auch wir statten unsere Kämpfer mit solchen "Finten" aus. Manchmal genügt es, um sie zu retten.- Also gehe ich auch bei dir davon aus.

Aber wir fanden auch Areale, an die wir gar nicht herankamen. Schon bei der leisesten Berührung der Areale bist du Ohnmächtig geworden, oder bekamst Krämpfe und ähnliches. Also war klar - du hattest etwas zu verbergen, und zwar etwas Großes. Die normalen "staatlichen" Geheimnisse werden nicht so geschützt. Da ändert man im Zweifelsfall lieber den Code oder das System. Was also verbirgst du?", es war eine rhetorische Frage - hoffte ich zumindest. Der Chef machte eine Pause, als wollte er mir die Möglichkeit zum Antworten geben. Als ich nichts sagte, machte er weiter.

"Wir folterten dich weiter, aber es brachte nichts. Du wurdest immer schwächer, aber verraten hast du nicht viel.", er lächelte wieder und deutete auf meine Tasse. "Ja, deine Lieblingsteesorte hast du verraten und noch andere Kleinigkeiten. Also haben wir die Strategie gewechselt. Von da an diente die Folter nur noch, um dich körperlich mürbe zu machen. Und du solltest dich erinnern.

Hauptsächlich erst mal an die Folter. Das gemeine an der Folter ist, dass sie erst beim zweiten Mal richtig wirkt - meistens. Wenn sich der Delinquent an das erste Mal erinnert, versucht er das zweite Mal meist alles um es zu vermeiden. Du aber nicht. Wir hätten dich zwanzigmal gleich Foltern können - auch mit entsprechendem Steigerungsfaktor - du hättest jedes Mal gleich reagiert. Also musstest du eine ganz elitäre Ausbildung gehabt haben. Klar dein Körper gab auf, nicht aber dein Geist."

Er holte neue Getränke.

"Erst als dein Betreuer - Parker- deine Schulter fast zerstört hatte, bekamen wir einen neuen Hinweis, wer oder was du bist. Die Kugel aus deiner Schulter. Diese Munition war nur wenig und nur von uns verwendet worden. Die Ballistik ergab, dass die Kugel aus meiner Waffe stammte. Seit einem Einsatz, hinter lässt sie ein ganz bestimmtes Merkmal. Zwei Querstreifen auf dem Geschoss."

Mir war ganz mulmig bei der Erzählung - ich konnte mich an kaum was erinnern. Selbst die Erinnerung an die Folter verblasste schon. Was war nur mit mir los?

"Meistens reagierst du wie ein normaler Mensch.", fuhr er fort. "Aber bei Spitzenbelastung drehst du dich um 180° und bist jemand ganz anderes. Noch

164

etwas ist seltsam bei dir ... Ich habe es noch nie - wirklich noch nie - erlebt, dass der Name so gut geschützt ist.

Als du dich dann im Harem erholen konntest, hast du auch dort, unbewusst, versucht beste Leistungen abzugeben. Ich habe dein Stickbild gesehen. Wirklich beeindruckend." Wieder machte er eine Pause. Lange und nachdenklich sah er mich an. Ich war ganz rot geworden, als er mir diese Komplimente machte. Verlegen sah ich auf die Kissen. Ich spürte seinen Blick auf mir, aber das machte es nicht besser.

"Ich will jetzt hier nicht die weitere Folter aufzählen und alles, was wir versucht haben, um dich zum Reden zu bringen.", sagte er dann. "Ich denke, dass weißt du selber noch recht gut. Das Problem, was ich mit dir habe, ist einfach, dass ich noch immer nicht weiß wer oder was du bist. Warum haben deine Leute dich als Sklave verkauft? War das eine Bestrafung? Weil sich niemand getraut hat dich zu töten? Oder sollen Angehörige von dir bestraft werden - mit deinem Verlust? Aber wieso hast du dich dann nicht gewehrt? Mit deiner Ausbildung wäre es ein leichtes gewesen.

Oder ganz anders... Bist du eine Art Geheimwaffe, die irgendwann bei einem bestimmten Auslöser losgeht und uns alle hier vernichtet?", fragend sah er mich an.

Ich begriff langsam seine Schwierigkeit.

"Eine Zeitlang dachte ich du würdest zum Führungsstab gehören. Aber dort wird definitiv niemand vermisst oder ist verschwunden, ohne dass wir den Aufenthaltsort wüssten.

Kannst du mir eine Antwort auf meine Frage geben, wer du bist?", es klang schon fast verzweifelt. Und es tat mir leid, aber ich konnte nicht antworten. Ich wusste es ja selber nicht. Ich sah ihm ins Gesicht. Traurig schüttelte ich den Kopf.

"Es tut mir leid, aber ich kann nicht. - Nicht weil ich nicht will. - Aber ich weiß es nicht. Ich kann mich nach wie vor an absolut nichts erinnern, was früher als der missglückte Einrenken Versuch meiner Schulter liegt." Antwortete ich. "Selbst diese Erinnerungen werden langsam schwer. Wenn die Narbe an der Schulter nicht wäre und ab und zu ein Schmerz durch die Schulter zucken würde, hätte ich auch dies schon vergessen.

Ich glaube dir, wenn du mir erzählst, du hättest mich auf einem Sklavenmarkt gekauft. Aber ich erinnere mich nicht daran. Und eigentlich müsste ich das doch. Gerade, wenn ich keine gebürtige Sklavin bin. Mich gruselt es ja so bei der Vorstellung auf einem Sklavenmarkt zu stehen. - Wie muss ich mich dann tatsächlich dort gefühlt haben. ..." Ich wollte noch mehr sagen, aber der Blick vom Chef brachte mich zum Schweigen. Irgendetwas stimmte nicht. Er sah plötzlich ganz anders aus.

"Sorry, ich muss los.", sagte er knapp. "Ich möchte dich bitten, hier in diesen Räumen zu bleiben und dich möglichst still zu verhalten."

Auf meinen besorgten Blick zur Tür sagte er: "Nein, ich werde nicht abschließen, ich verlass mich auf dich. Du solltest bedenken, dass du eigentlich tot bist. Und wenn dich jemand hier sieht, der dich besser nicht sehen sollte, geht es uns beiden... nun ja, es ist einfach besser, du bleibst hier drinnen."

Er stand auf und ging. Verwirrt schaute ich ihm nach, keine Verabschiedung, kein Umdrehen in der Tür... Er war einfach weg.

Als ich hörte, wie die Tür ins Schloss gedrückt wurde, lief mir ein eiskalter Schauer den Rücken hinunter.

Kapitel 23

Da ich nichts Besseres zu tun hatte, legte ich mich wieder ins Bett. Ich nahm mir ein anderes Buch und las. Irgendwann wurde es mir zu langweilig und ich stand auf. Dabei strolchte ich durch meine Zimmer. Ich durchstöberte jede Schublade in meinem Ankleidezimmer. Es waren traumhafte Sachen. Einige probierte ich an und staunte nicht schlecht, als sie wie angegossen passten. Auch die meisten Schuhe passten. Obwohl ich nun schon so lange barfuß lief, dass es sich erst seltsam anfühlte, wieder Schuhe an den Füssen zu haben. Ich war so beschäftigt, dass ich gar nicht bemerkte wie die Zeit verging. Ich betrachtete mich gerade im Spiegel in einer Robe, in der man sonst zur Oper geht - auch die entsprechende Unterwäsche, den Schmuck mit Tiara und Schuhe hatte ich gefunden. Bewundernd drehte ich mich vor dem Spiegel. Als ich mich so ansah, wurde ich traurig - wem hatten die Sachen wohl vorher gehört? Und wo war sie jetzt?

Plötzlich hörte ich ein leises Pfeifen hinter mir. Der Chef stand staunend in der Tür zum Ankleidezimmer. Lächelnd zog er mich zu sich ran. Als er meinen traurigen Gesichtsausdruck bemerkte, fragte er nach: „Was ist los? Gefallen dir die Sachen nicht?"

„Doch schon...", antwortete ich. „Aber ich fragte mich gerade, wem die Sachen wohl vorher gehört haben? Und was aus ihr geworden ist."

Der Chef sah mich beleidigt an. „Glaubst du wirklich, ich würde dir gebrauchte Sachen geben?"

„Auch wenn du es nicht glaubst - ich habe all dies für dich ausgewählt." Damit deutete er auf den Inhalt des Ankleideraumes. „Wieso sollten dir sonst die Sache passen? - Und bevor du noch auf komische Gedanken kommst. Es ist alles ehrlich bezahlt worden."

Mir war vor Staunen der Mund offen stehen geblieben. Wofür tat er das alles?

„Komm!", sagte er und streckte mir die Hand entgegen. Ich wollte mich wieder umziehen, aber er schüttelte den Kopf. „Nein, bleib so wie du bist - wenn du magst." Also folgte ich ihm so wie ich war in das andere Zimmer. Dort hatte er den Tisch gedeckt. Der Betreuer servierte uns. Das Essen oder viel eher das Menü war köstlich - es gab zwar einige mir unbekannte Speisen, aber das war mir egal. Solange der Chef es auch aß, sah ich keinen Grund es nicht zu essen. Als wir fertig waren, deckte der Betreuer ab.

Ich hatte gehofft, der Chef würde bei mir bleiben und mir Gesellschaft leisten, aber er stand auf, hauchte mir einen Kuss auf die Wange und war wieder weg.

Nach dem reichhaltigen, leckeren Essen war ich müde. Ich ging zurück ins Ankleidezimmer und zog mich aus. Anschließend ging ich ins Bad und nahm ein langes warmes Bad in duftendem Schaum. Wieder stellte ich mir die Frage, wer das Bad wohl eingelassen hatte. Achselzuckend nahm ich es hin und genoss das Bad in vollen Zügen. Herrlich entspannt kletterte ich nach über einer Stunde wieder aus dem Wasser. Ich nahm mir die Zeit mich in Ruhe einzucremen. Dann hüllte ich mich in einen superflauschigen Bademantel. So ging ich wieder ins Ankleidezimmer, aber ich verspürte keine Lust einen Schlafanzug anzuziehen, also ging ich weiter ins Schlafzimmer. Dort schlüpfte ich im Bademantel unter die Decke. Kurz vor dem Einschlafen fiel mein Blick auf die Dose mit den Schlaftabletten. Sie schien mich anzulächeln, aber ich schüttelte den Kopf. Heute Nacht wollte ich ohne Hilfsmittel schlafen. Schon lange hatte ich nicht mehr so einen erholsamen Tag erlebt, warum also sollte ich nicht schlafen können.

Tatsächlich schlief ich schnell ein. Ich schlief lange und entspannt - glaubte ich.

Ich träumte zunächst gar nicht. Langsam formten sich die ersten Bilder.

Ich war auf einer großen grünen Wiese. Sie duftete nach Frühlingsblumen und würzigen Kräutern. Hinter ein paar jungen Bäumen gurgelte ein kleiner Bach. Vögel zwitscherten vergnügt ihre Lieder und ein leises Brummen verriet, wo Bienen an den Blüten naschten. Ich freute mich dort zu sein. Genüsslich sog ich die würzige Luft ein.

Langsam ging ich auf den Bach zu. Dort am Ufer entdeckte ich einen weißhaarigen, älteren Mann. Er saß mit dem Rücken zu mir. Als ich näher kam sagte er: "Da bist du ja endlich. Ich habe lang warten müssen."

Verwundert sah ich ihn an. Er kam mir irgendwie bekannt vor. Erst als ich ihm direkt in die Augen sah, erkannte ich ihn. Und erschrak fürchterlich. Ich wusste, wir waren gleichalt, aber er sah hundert Jahre älter aus. Mein Herz verkrampfte. Schnell ging ich zum Bach, um mein Spiegelbild zu betrachten. Erleichtert atmete ich durch - mit mir schien alles in Ordnung zu sein. Warum also war er so alt. Verwundert schaute ich zurück. Aber er war noch immer alt. Ich ging zu ihm und setzte mich neben ihn ins duftende Gras.

"Warum hast du so lange auf mich gewartet?", fragte ich ihn.

Er lächelte sanft und antwortete: "Ich weiß nicht, sag du es mir? Warum kommst du jetzt erst?"

"Ich wusste ja nicht, dass du hier auf mich wartest.", antwortete ich. "Ich habe im Augenblick ein wenig Schwierigkeiten mit meinem Gedächtnis. Ich kann mich an nichts wirklich erinnern. Nicht einmal an meinen wirklichen Namen. Oder wer oder was ich bin." Ich wollte noch mehr sagen, aber der Alte nickte und lächelte weiter vor sich hin. Es erschien mir sinnlos weiterzureden.

"Nun da kann ich dir helfen.", sagte er mit leiser Stimme. "Wir kannten uns einmal gut. Erinnerst du dich?", fragte er mit einem Lächeln. Ich schüttelte den Kopf.

"Ich weiß, wir kennen uns und ich habe keine böse Erinnerung - aber ich kann mich nicht an deinen Namen erinnern, noch wie gut wir befreundet waren."

"Oh!", sagte der Alte, "Ohhhh…!" Er machte eine Pause. "Wirklich nicht?", fragte er dann. "Wirklich gar nicht?" Er sah mich an. "Warum bist du dann jetzt hier?"

Verwundert schaute ich ihm in die Augen. Sie leuchteten amüsiert. Ich wurde langsam wütend. Was sollte dieses Spiel? Konnte er mir nun helfen oder nicht?

Während ich noch neben ihm saß, begann seine Figur zu verblassen. Kurz bevor er ganz weg war, sagte er: "Denk nach. Ich werde weiter hier auf dich warten." Dann war er verschwunden.

Unruhig wälzte ich mich in den Decken und Kissen hin und her.

Doch der Traum ging weiter. Ich saß immer noch an dem Ufer des Baches. Am gegenüberliegenden Ufer entdeckte ich nun ein Haus. Auch dieses Haus kam mir bekannt vor. Ganz automatisch stand ich auf und ging darauf zu. Als ich den Bach durchquerte wurden weder meine Füße nass, noch meine Kleidung. Trotzdem war ich mir bewusst, dass ich durch Wasser lief.

Ich griff nach der Türklinke, aber es war abgeschlossen. "Seltsam," dachte ich, "hier ist doch sonst nie abgeschlossen." Zum Glück wusste ich, wo der Ersatzschlüssel lag. Ich holte ihn und schloss auf. Mir war mit einmal ganz mulmig im Magen.

Ich drückte die Tür auf. Aber irgendetwas hielt mich davon ab, über die Schwelle zu gehen.

Ich erinnerte mich gut an dieses Haus. Nur war es an einem weit entfernten Ort gewesen. Langsam und nachdenklich wagte ich den Schritt über die Schwelle. Nichts geschah - also ging ich weiter. Es war dunkel und durch die fast blinden Fenster drang nur wenig Licht ein. Die Küche kam zuerst, dann das Wohnzimmer, auf der linken Seite die Treppe nach oben und in den Keller - es war wie es immer schon gewesen war. Und doch irgendetwas fehlte hier. Vorsichtig betrat ich das Wohnzimmer - und erschrak fürchterlich. Das saß jemand im Sessel und starrte durch die zugewucherte Scheibe in den verwilderten Garten. Er zeigte keinerlei Reaktion als ich auf ihn zutrat. Ich ging um den Sessel herum - innerlich auf "das Schlimmste" eingestellt. Doch zu meiner Erleichterung saß kein Gerippe in dem Sessel, sondern wieder der alte grauhaarige Mann von eben.

"Was machst Du hier?", fragte ich ihn verwundert.

"Ich wohne seit etlichen Jahren hier. Schon vergessen?" er betonte das "schon vergessen" auf ganz seltsame Weise. Und dann lächelte er wieder. Langsam machte er mir Angst. Ich wollte weg aus diesem Traum. Ich war mir sicher, es würde

174

schlimmer werden. Ich würde Dinge und Ereignisse sehen, die ich absichtlich verdrängt hatte.

Und das hatte auch seinen Grund.

Doch der Traum hatte mich längst in seinem Sog mitgezogen. Der Alte stand auf und nahm meine Hand. Kaum hatte er sie berührt fühlte ich auch schon wie sich das Haus und die Landschaft um uns herum auflöste. Immer schneller drehte sich der Wirbel aus Zeit und Raum um uns herum. Nach einer kurzen Zeit nahm schubste mich der Alte aus dem Wirbel und wir landeten unsanft auf einer felsigen Anhöhe. Kurz vor dem Abgrund stoppte unser Fall. Ich schüttelte mich und sah mich verwundert um. Auch diese Gegend wirkte seltsam vertraut. Nur die Farben hatte ich anders in Erinnerung. - Erinnerung, das klang gut.

Ich sah den Alten an - doch zu meiner Verwunderung, war es nicht mehr der Alte. Durch unsere Reise hatte er sich verjüngt. Vor mir stand nun ein stolzer Junger Mann von ungeheurem aussehen.

"Erkennst du mich jetzt?", fragte er.

Ich forschte tief in meinem Inneren. Doch wiederum blieb alles still in mir. Nein, es blieb nicht ganz still. Ein leiser freudiger Funken begann zu

175

fackeln. Irgendetwas in mir drängte mich zu ihm und wollte ihn herzlich umarmen. Doch mein Verstand zweifelte noch.

"Val ze tu?" fragte er mich in einer mir völlig fremden Sprache. Doch ich verstand ihn und dann endlich fiel die Klappe.

"Ich weiß nicht wer ich bin." Antwortete ich auf seine Frage - "Aber ich weiß wer du bist."

Er begann zu Lächeln und trat auf mich zu. "Dann sag es mir!" forderte er mich auf.

"Du bist Apoll", ich freute mich, dass ich es auch tatsächlich aussprechen konnte, "Der Gott der Künste und des Frühlings, der Reinheit, aber auch des Wahrsagens." Er nickte bestätigend und nahm mich herzlich in den Arm, schwang mich glücklich um sich herum. Albern kichernd fielen wir ins Gras.

Als wir so nebeneinander lagen, sah ich ihn fragend an: "Und wer bin ich?"

Kaum hatte ich die Frage ausgesprochen, als sich alles um mich herum wieder änderte. Ich war allein und es war kalt. Ein seltsamer Nebel bildete einen eiskalten Dunst.

Unruhig drehte ich mich im Bett unter meiner Decke. Selbst jetzt ging es also nicht weiter. Ich setzte mich auf und versuchte mich zu orientieren. Ich war nach wie vor alleine im Bett und im Zimmer. Weiterschlafen machte so keinen Sinn. Also schaltete ich das Licht ein.

Ich schaute mich um. Beinah erstaunte es mich, dass sich hier nichts verändert hatte. Ich hatte also tatsächlich nur geträumt. ... Und doch die Erinnerung an Apoll war ganz frisch. Woher kannte ich ihn? Ich hatte das Gefühl, als hätte er mir einmal was bedeutet, als wäre er sehr wichtig für mein Leben gewesen. Doch wo war er jetzt?

Wieso konnte ich mich an ihn erinnern - aber wenn ich meinen eignen Namen suchte, wurde ich weggerissen.

Wieder schüttelte ich mich. Mir war mit einem Mal eiskalt. Ich fühlte den Nebel aus dem Traum zurückkehren. Beinah konnte ich ihn sehen. Ich zog die dicke Decke fest um mich herum. - Aber es wurde nicht besser, mir wurde immer kälter. Ich begann zu zittern, erst ein wenig, dann aber recht bald unkontrolliert. Ich legte mich auf die Seite und hoffte es würde bald aufhören. Ich weiß nicht, wie lange ich so gelegen habe. Ich fühlte mich hilflos - hilfloser als jemals zu vor. Denn nichts was ich machte, konnte mir helfen. Als ich mich schon fast gar nicht mehr bewegen konnte, stemmte ich mich aus dem Bett und schleppte mich ins Badezimmer. Insgeheim hoffte ich auf ein warmes Bad. Und wirklich - auch jetzt war ein warmes Bad eingelassen. Schnell griff ich mir einen Badzusatz und ließ mich in das warme Wasser gleiten. Doch auch dieses scheinbar warme Wasser ließ mich weiter frieren. Ich suchte einen Wasserhahn, um mehr warmes Wasser nachlaufen zu lassen. Schließlich fand ich ihn und endlich wurde mir wärmer. Mit der Wärme kam auch die Müdigkeit zurück. Als ich einigermaßen durchgewärmt war, stieg ich wieder aus der Wanne und kehrte ins Schlafzimmer zurück, nicht ohne mich in dicke Handtücher zu wickeln.

Im Schlafzimmer erwartete mich die nächste Überraschung. Der Chef wartete dort auf mich. Mit besorgtem Blick musterte er mich.

"Alles OK?", fragte er.

Ich zuckte mit den Achseln. "Ich bin mir gerade nicht so sicher.", antwortete ich ehrlich.

"Was war denn los?", fragte er nicht böse oder aggressiv - trotzdem spürte ich eine gewisse Strenge. Ich mochte eigentlich nicht, aber ich wusste er würde nicht eher gehen, bis er nicht alles wusste. Also erzählte ich ihm von dem Traum und dem Schüttelfrostanfall.

178

"Hmm.", machte er "Das ist wirklich seltsam."

Er setzte sich zu mir und legte seinen Arm um mich. Ich spürte, wie ich mich verkrampfte. Ich wollte es nicht, aber ich konnte nichts dagegen tun. Er fühlte es natürlich auch und sah mich noch seltsamer an.

"Ich kann nichts dafür.", sagte ich mit Tränen in den Augen. "Es fühlt sich total falsch an."

Nichts was ich tat, machte es besser.

Der Chef sah mich enttäuscht an. Er unternahm noch einen Versuch mir durchs Gesicht zu streicheln, aber auch da zuckte ich zurück.

Daraufhin stand er wortlos auf und ging. Nie hat das Klappen einer Tür mir mehr ich den Ohren gehallt als dieses mal.

Verstört setzte ich mich auf das Bett und rutschte an das Kopfteil, zog die Beine fest an den Bauch und stützte meinen Kopf auf die Knie. Ich wollte nicht wieder schlafen. Zuviel Angst hatte ich vor dem Traum. Ich ärgerte mich auch ein wenig über den Chef. Er hätte auch nicht so schnell gehen müssen - ein wenig Gesellschaft hätte ich schon gerne noch gehabt.

Irgendwann bin ich dann aber doch wieder eingeschlafen. Unruhig wälzte ich mich von der einen Seite auf die andere.

Aber der Traum ging nicht weiter...

Kapitel 24

Am nächsten Morgen wachte ich dann völlig gerädert auf. Ich blickte verschlafen um mich. Es war inzwischen hell geworden. Ich zuckte zusammen, als ich eine Berührung an meiner Schulter spürte.

Der Chef stand vor dem Bett und beobachtet mich. Aber er sagte kein Wort. Er lächelte auch nicht. Ich setzte mich auf und flüsterte "Guten Morgen!", dabei lächelte ich ihn an. Doch wieder kam keine Reaktion von ihm. Er starrte weiter auf mich hinab.

"Ziehst du dich bitte an.", sagte er mit einer Kälte in der Stimme, dass mir das Blut in den Adern gefror. Ich stand sofort auf und kam der Aufforderung nach. Ich erinnerte mich an den Anfang und wusste, was dieser Tonfall zu bedeuten hatte. Es würde nicht lustig für mich werden. Ich entschied mich für eine Jeans und ein einfaches T-Shirt, huschte kurz durchs Badezimmer, band meine Haare zu einem schlichten Zopf zusammen und kehrte dann ins Schlafzimmer zurück.

Der Chef sah mich an und nickte. Anscheinend hatte ich die richtige Wahl getroffen. Innerlich atmete ich durch.

Er nahm mich mit zu der kleinen Sitzecke und drückte mich sanft auf einen der Sessel.

"Wir haben ein Problem...", begann er vorsichtig.

Ich nickte, wusste aber im Moment nicht welches er konkret meinte.

"Welches meinst Du?", fragte ich deshalb.

"Du erinnerst dich an unser Gespräch von gestern?", fragte er.

"Du meinst, wie ich hierhergekommen bin, den Sklavenmarkt und so weiter...?" antwortete ich

"Ja, daran erinnere ich mich. - An das Gespräch, nicht an den Markt."

"Gut!", der Chef atmete erleichtert durch. "Ich fürchtete gerade, dass du noch mehr vergessen hast."

Ich grinste breit: "So gut wie es mir hier geht, könnte das auch glatt passieren."

Der Chef sah mich ernst an und musste dann aber ebenfalls grinsen. Dann konzentrierte er sich und sein Gesicht wurde verschlossen.

"Ich würde dir gerne wieder einen offiziellen Status geben.", begann er vorsichtig. "So tot können wir nicht viel mit dir machen. Wir können dich nicht ausbilden, dir keinen Namen geben - nicht einmal verkaufen könnten wir dich. Aber hast du eine Vorstellung wie schwierig es ist einem Toten einen neuen Namen zu besorgen?"

Ich dachte kurz nach. Dann schüttelte ich meinen Kopf. Natürlich verstand ich es nicht - wie auch, mir war diese ganze Gesellschaft und Kultur nach wie vor ein Rätsel. Wie sollte ich da verstehen, welche Schwierigkeit ein neuer Name machte. Ich würde einfach zum Amt gehen und einen beantragen, oder eine Identität doppeln. Außerdem war ich mir gar nicht so sicher, wozu ich einen Namen brauchte. Ich fühlte mich auch so gut, mir fehlte nichts.

Als ich wieder aufblickte, sah mich der Chef an. "Nein, du verstehst es wirklich nicht." Es klang enttäuscht, vielleicht ein wenig resigniert.

Er ging auf den Flur und holte Parker herein. Da wusste ich, was mir nun wieder bevorstand.

Ungläubig sah ich den Chef an. "Du weißt was du da tust?" fragte ich ihn mit flehendem Blick.

"Es geht nicht anders.", antwortete er. Allerdings hatte ich den Eindruck, dass es ihm nicht leichtfiel. - Aber vielleicht bildete ich mir das auch nur ein.

Er nickte Parker zu, der nahm die Handfesseln und fesselte mir die Hände auf dem Rücken. Unwillkürlich stöhnte ich auf. Alles in mir wehrte sich gegen die erneute Fesselung. Gedanklich hatte ich damit abgeschlossen und gehofft, dieses Gefühl würde nicht wieder kommen. Doch es war wieder da.

Ich versuchte noch einmal mit dem Chef zu reden: "Warum?", fragte ich ihn. "Es ist doch nicht wegen letzter Nacht?"

Er sah mich genervt an, atmete durch. Dann gab er Parker ein Zeichen zu verschwinden. Dieser tat gut daran, sofort zu springen.

Der Chef schloss die Tür hinter ihm und trat auf mich zu. Er nahm meine Schultern in seine großen Hände. Dann sah er mich an.

"Du musst fort!", sagte er. "Der Traum letzte Nacht hat mir das ganz deutlich gezeigt."

Verwundert sah ich ihn an. Ich wollte etwas sagen, aber er legte mir seinen Finger auf die Lippen.

"Hast du etwa gedacht, du könntest hier den Rest deines Lebens verbringen?", fragte er mich leicht amüsiert.

Enttäuscht zuckte ich mit Achseln. "Ja, irgendwie schon..."

Der Chef lachte kurz auf. Das tat mehr weh als alles andere, was mir hier bisher geschehen war.

Er sah mich an und zuckte mit den Achseln: "Später vielleicht schon..." Fügte er dann zögernd hinzu.

"Erst mal aber brauchst du wieder einen offiziellen Status.", fuhr er fort. "So im Moment kann ich nichts mit dir anfangen. Sobald du diese Räume verlässt oder jemand hereinkommt und dich sieht, sind wir beide dran."

Er atmete durch. "Noch niemals zuvor habe ich mich bewusst außerhalb der Firma und ihrer Gesetzte bewegt. Ich habe echt Angst, dass etwas schiefgeht." Er sprach nicht weiter.

"Was wäre, wenn...?", fragte ich voller Naivität. Als ob ich das wirklich wissen wollte.

Der Chef schluckte: "Dich würden sie zurück in die Folterkammern bringen - und diesmal ihr Werk vollenden." Mit einem kurzen Blick auf mich fügte er hinzu: "Wenn es denn geht - unter Einsatz sämtlicher Mittel... Und ich würde es wahrscheinlich auch nicht überleben. Sie würden mich zu Tode foltern - langsam und genussvoll." Er atmete tief durch.

"Ich könnte es ihnen noch nicht einmal verdenken. Ich würde es mit jedem von ihnen genauso machen, wenn ich sie erwischen würde."

"Wozu brauche ich überhaupt wieder einen "Status"?", fragte ich nach einer kurzen Zeit des Nachdenkens. "Als Tote stehe ich außerhalb aller Gesetze und Regelungen - so frei wie jetzt werde ich nie wieder sein."

Der Chef sah mich ungläubig an. Er holte Luft, um etwas zu antworten. Doch dann überlegte er es sich anders und schwieg.

So fuhr ich fort: "Mir würden spontan mindestens zwei "Beschäftigungen" einfallen, die ich tot erledigen könnte und die durchaus sinnvoller wären - als ein Leben als Sklavin..."

Der Chef sah mich wieder an und schüttelte den Kopf.

186

"Sorry, aber ich kann dich nicht freilassen.", also wusste er genau was ich meinte. "Du schuldest mir noch immer einige Antworten. Solange ich die nicht habe, bleibst du in meiner Nähe." Erwiderte er bestimmt.

Innerlich zuckte ich zusammen. Das hatte ich jetzt tatsächlich fast vergessen.

"Gibt es gar keine andere Möglichkeit?", fragte ich mit einigem graulen in der Magengegend. Wieder schüttelte der Chef seinen Kopf.

"Glaub mir - ich habe lange nachgedacht und nur diesen Weg gefunden. ..."

Langsam begriff ich, dass ich - mal wieder - keine Wahl hatte. Ich wollte es nicht und alles in mir rebellierte. Trotzdem fragte ich: "Wann soll es losgehen?"

"So bald wie möglich.", antwortete der Chef.

"Was erwartet mich dann?", fragte ich resignierend. Ich konnte kaum mehr klar denken.

"Der Ablauf ist dann ungefähr folgender: wir bringen dich nachher rüber auf ein freies Feld oder zu einem Waldstück. Dort werden wir dich jagen und einfangen. Es wird vielleicht nicht ganz so angenehm für dich werden - und bevor du irgendwelche Hoffnungen hegst..." er sah auf das Glitzern in meinen Augen, "...wir werden dich fangen."

"Warum so kompliziert?", fragte ich ihn. "Warum gibst du mich nicht einfach an der Sklavenschule als Wildfang ab?"

"Weil du im Augenblick viel zu erholt und gut aussiehst.", antwortete er "Es ist nicht erlaubt in die Städte zu gehen und dort irgendwelche Personen zu greifen - und wenn sie einem noch so gut gefallen."

Ich hörte, was er sagte, aber verstanden hatte ich es nicht...

"Wenn wir dich wieder eingefangen haben, bringen wir dich zu einer Sklavenschule. Dort müssen wir uns dann für einige Zeit trennen. - Aber du bekommst deine neue Nummer, einen Pass und Papiere. Dann wirst du noch medizinisch Untersucht, gemessen, gewogen, geimpft und anschließend beginnt deine Ausbildung. Zunächst unter Quarantäne, damit du die anderen nicht anstecken kannst, dann aber auch mit den anderen zusammen. Irgendwann bist du dann so weit und kannst als "echter" Sklave verkauft werden."

Er sah mich stolz an. Mich gruselte es immer mehr. Ich hatte auch das Gefühl, es konnte nicht gut

188

gehen. Irgendetwas störte mich an dem Plan, aber ich konnte es nicht formulieren.

Als ich nichts sagte, sah mich der Chef genauer an.

"Was ist los?", fragte er.

"Mit dem Plan stimmt etwas nicht...", antwortete ich ehrlich. Doch der Chef schüttelte den Kopf.

"Du musst dir keine Sorgen machen. Es wird schon funktionieren. Sei einfach du selbst...", versuchte er mich zu beruhigen.

"Genau davor habe ich aber Angst.", flüsterte ich leise. "Wie bin ich "ich selbst"?"

Der Chef zuckte mit den Achseln. "Ich weiß es auch nicht, aber es ist der beste Plan. - Ich verspreche dir, ich hole dich sobald wie möglich da wieder raus." Dabei streichelte er mir über meinen Kopf und nahm mich in den Arm.

"Das schwierigste wird nun dich aus diesem Hochsicherheitsgebäude heraus zu bekommen.", der Chef holte Parker wieder herein.

"Vielleicht so, wie ich hereingekommen bin?", schlug ich vor. Langsam nervten die Handschellen echt und ich zappelte unruhig herum. Der Chef gab

Parker ein Zeichen und der löste wenigstens eine Seite der Schellen.

"Das wird so leider nicht klappen.", antwortete er dann auf meinen Vorschlag. "Die Person als die ich dich angemeldet hatte, ist längst abgereist. Wie sollen wir so an dem Wachposten vorbeikommen?"

"Gut - ich könnte ihn anschließend töten... aber das würde wieder eine Spur legen, die ich gerne vermeiden würde."

Ich sah den Chef an und hoffte er hätte einen Spaß gemacht. Aber nach einem kurzen Blick wusste ich, er meinte es ernst.

Ich schüttelte entsetzt den Kopf: "Auf gar keinen Fall!"

"Dann bleiben ja eigentlich nur noch Sack oder Kiste.", sagte Parker.

Der Chef nickte. "Was denkst du, was besser wäre?", fragte er mich.

"Ich glaube, ich könnte in einer Kiste besser atmen, außerdem ist sie leichter zu tragen und zu verschicken.", hörte ich mich antworten und glaubte es selber nicht.

Parker und der Chef sahen sich an und gingen gemeinsam los. Ich blieb alleine zurück. Ich setzte mich und versuchte mir darüber klarzuwerden, was gerade geschehen war. Viel Zeit blieb mir nicht. Schon nach wenigen Minuten kamen sie mit einer großen Kiste wieder. Sie stellten die Kiste mitten im Raum ab und öffneten sie. Innen war sie gepolstert und mit Holzwolle gefüllt. Skeptisch sah ich hinein. Doch anscheinend bot sie genügend Platz.

Der Chef setzte sich an den Computer und suchte einen Paketdienst heraus. Die Abholung erfolgte schon in zwei Stunden. Da blieb also nicht mehr viel Zeit.

Schnell packte Parker mir ein kleines Cateringpaket zusammen und legte es in die Kiste. Dann hieß es auch schon Abschied nehmen. Der Chef umarmte mich herzlich, küsste mich auf die Stirn. Dann trat er beiseite. Parker nahm mich stumm in den Arm und hielt mich so einige Augenblicke.

"Ich hoffe wir sehen uns irgendwann einmal wieder.", flüsterte er mit mühsam kontrollierter Stimme. Dann schloss er die Handschelle wieder - diesmal aber vor dem Bauch und half mir in die Kiste. Ich hatte kein gutes Gefühl dabei. Ich rutschte so gut es ging nach unten und der Chef und Parker deckten mich mit Holzwolle zu, dann nagelten sie die Kiste zu. Mit jedem Hammerschlag klopfte mein Herz stärker.

Kaum war der letzte Nagel eingeschlagen, kam auch schon der Paketdienst und holte mich ab.

Kapitel 25

Es schwankte und wackelte, dass mir ganz schön schummerig im Magen wurde. Ich begann ein gewisses Mitgefühl mit Tieren in Transportern zu entwickeln. Wenn es mir schon nicht so gut ging, wie erging es dann ihnen? Ich wusste was mich erwartete, aber einem Tier konnte man das so nicht erklären.

Nach einer gefühlten Ewigkeit stoppte das Auto und meine Kiste wurde wieder abgeladen. Dann war alles ruhig um mich herum. Mein Herz schlug wie wild vor Aufregung.

Ich überlegte gerade, wie ich wohl am schlausten aus der Kiste herauskommen könnte, als ich sich nähernde Stimmen hörte.

"Schau da ist die neue Lieferung." sagte die eine Stimme. Mir stockte der Atem. "Wollen wir mal reinschauen, was der Chef uns diesmal schickt."

Das war doch anders geplant. Ich machte mich ganz klein und hoffte nicht entdeckt zu werden. Der eine begann die Nägel aus der Kiste zu ziehen.

"Was machst du da?", hörte ich eine weitere Stimme. Diese kam mir bekannt vor. Es war die von Parker.

"Ich wollte rasch nachschauen, was der Chef uns geschickt hat.", antwortete die andere Stimme.

"Ist lieb gemeint, aber das mach ich gleich selbst.", sagte Parker. "Lass uns jetzt erst mal Mittagspause machen. Die Kiste läuft uns ja nicht weg."

Vom anderen kam ein zustimmendes Brummen. Ich atmete tief durch. Nur um kurz darauf erneut die Luft anzuhalten. Da stand wieder jemand vor der Kiste.

"So, los jetzt.", flüsterte sie. "Ich habe ein paar Nägel gelockert und versuch die Pause etwas in die Länge zu ziehen."

Dann war es wirklich ruhig.

Ich wartete noch ein paar Minuten, dann stemmte ich meine Beine gegen den Deckel und drückte ihn vorsichtig hoch. Ich wollte so wenig wie möglich kaputt machen und hoffte möglichst leise aus der Kiste herauszukommen. Mit leisem Knarren löste sich der Deckel. Ich setzte mich auf und sah mich um, um mich zu orientieren. Die Kiste stand in einer großen Halle auf einem freien Platz. Um mich herum war viel Freiraum, aber etwa 25 m entfernt standen weitere Kisten, hinter denen ich mich erst mal verstecken konnte. Ich schlüpfte also so leise wie möglich aus der Kiste und drückte auch den Deckel wieder zu. Dann lief ich in gebückter Haltung zu den anderen Kisten und verkroch mich hinter ihnen. Von hier konnte ich zwar nicht alles überblicken, aber ich entdeckte einen Ausgang. Gleich daneben war ein Fenster, durch das ich die nähere Umgebung erblicken konnte. Um die Halle herum schien ein großer Landwirtschaftlicher Betrieb zu sein. Mehrere Gebäude standen im Umkreis um ein Hauptgebäude. Einen Zaun oder ähnliches konnte ich nicht entdecken. Direkt hinter den Gebäuden begannen die Felder. Es schien Mais zu sein, zumindest waren es große grüne Pflanzen, in denen ich mich gut bewegen konnte, ohne aufzufallen. In einiger Entfernung befand sich ein Wald. Ich überlegte mir, dass eine Flucht dorthin am aussichtsreichsten wäre. Aber bevor ich los ging, wollte ich auf die Dunkelheit warten.

Etwa eine halbe Stunde später kam Parker wieder. Er begann mit einem Kuhfuß die Nägel aus der Kiste zu ziehen. Dabei murmelte er etwas unverständliches vor sich hin. Als er den Deckel öffnete, freute er sich. Der andere Mitarbeiter war zu ihm herübergekommen. Parker wühlte in der

Holzwolle und zog schließlich zwei altertümliche Gewehre hervor.

"Schau mal, was der Chef uns schickt.", sagte er zu dem Mitarbeiter.

Der grinste breit. "Na, dann kann die Jagd ja morgen los gehen."

"Hier halt mal." damit warf Parker dem anderen ein Gewehr zu. Der ließ es kreiseln, als ob es gar nichts wiegen würde. Dann legte er an und zog zum Üben am Abzug. Es klickte leise. Bewundernd betrachtete er das Gewehr.

"Da steckt aber andere Technik drin, als es von außen den Anschein hat.", sagte er verwundert.

"Ja, das ist mal eine Weiterentwicklung. Der Chef steht doch so auf den ganzen alten Kram. Da der von der Technik her aber echt gefährlich werden kann, habe ich die hier gebaut. Sie sehen von außen echt antik aus, entsprechen aber von innen der neusten Technik." Parker wirkte wirklich stolz auf sein Werk. Ich wusste nicht so recht, was ich davon halten sollte.

Der Mitarbeiter war richtig begeistert. Er konnte das Gewehr gar nicht mehr weglegen. Schließlich reichte er das Gewehr dann doch Parker zurück und gemeinsam verließen sie die Halle. Ich bewunderte insgeheim Parkers Planung. Durch die Gewehre fiel es gar nicht auf, dass eigentlich etwas ganz anders in der Kiste transportiert worden war.

Ich kroch tiefer in mein Versteck und versuchte ein wenig zu schlafen - oder zumindest Kraft zu sammeln. Dabei durchsuchte ich die Kisten in meiner unmittelbaren Nähe nach etwas Essbarem oder auch Wasser. Tatsächlich wurde ich fündig. Ich bastelte mir aus einigen alten Putztüchern eine Art Rucksack und legte einige von den Müsliriegeln und eine Flasche Wasser hinein. Mehr wollte ich nicht mitnehmen. Ich würde schon unterwegs irgendwo etwas finden.

Als es dunkel wurde traute ich mich aus meinem Versteck heraus. Vorsichtig schlich ich mich zu der Tür und drückte die Klinke. Ich hatte Glück, die Tür war nicht verschlossen und so stand ich bald darauf draußen auf dem Hof, dicht an die Hallenwand gedrängt. Ich knotete mir den Rucksack fest um meine Schulter, damit er mich beim Laufen nicht behinderte. Ich schaute noch kurz nach rechts und links. Alles war ruhig. Also nahm ich allen Mut zusammen und sprintete in Richtung des Feldes los. Kurz bevor ich in den großen grünen Pflanzen verschwand, orientierte ich mich noch in welcher Richtung der Wald lag. Dann lief ich in gerader

Richtung auf den Wald zu in das Feld hinein. Mein Herz klopfte bis zum Hals - war da nicht eben eine Bewegung gewesen? Ich lauschte - nein, alles blieb ruhig. Also weiter.

Durch das Feld zu kommen, war mühsamer als gedacht. Der Boden war tief und ich hinterließ bestimmt eine unverkennbare Spur. Aber das war mir jetzt egal - nur schnell weiter. Wenn ich weit genug weg war, konnte mir vielleicht doch die Flucht gelingen. Dann endlich hatte ich den Feldrain erreicht. Vorsichtig spähte ich hinaus. Gut, der Wald lag genau vor mir. Dazwischen war nur ein zehn Meter breiter Feldweg. Ich huschte schnell rüber. Wieder war niemand in der Nähe. Ich suchte einen Weg durch das dichte Unterholz. Auch hier hinterließ ich bestimmt eine unübersehbare Spur. Das musste jetzt anders werden, sonst hatte ich keine Chance nicht entdeckt zu werden. Ich suchte mir im Unterholz ein Versteckt und ruhte mich aus. Dabei überlegte ich, wie ich jetzt am besten weitermachen sollte. Wie kam man am geschicktesten durch einen Wald, ohne eine auffällige Spur zu hinterlassen?

Ich kramte die Flasche Wasser aus meinem Rucksack hervor und trank einen tiefen Schluck. Dann knabberte ich einen halben Müsliriegel. Aber es wollte mir nichts einfallen. Also machte ich mich erst mal so weiter auf den Weg. Dabei versuchte ich so wenig wie möglich durch das ganz dichte Unterholz zu gehen. Dort wären meine Spuren sofort auffällig. Als ich tief genug im Wald war, versuchte ich mich erneut zu orientieren, wo ich war. Das war hier unten natürlich schwierig. Mit einmal zweifelte ich an meiner Entscheidung in den Wald zu flüchten. Hier sah ich nicht, ob jemand auf mich zu kam. Und ich wusste auch nicht wirklich, wo ich entlang musste - oder wo der Weg hinführte.

Ich betrachtete die Bäume um mich herum. Einige waren höher als die anderen. Wenn es mir gelang auf einen der höheren Bäume zu klettern, konnte ich vielleicht sehen, wo ich hinkonnte. Ich suchte mir einen Baum, dessen Zweige gut um den Stamm verteilt war, dass ich einigermaßen bequem hinaufkam. Oben in der Krone wagte ich mich weiter an den Rand auf einige dünnere Äste. Mit der einen Hand hielt ich mich am Stamm fest, mit der anderen schob ich das Laub beiseite. Unter mir lag der Wald. Er war größer als er von der Farm aus ausgesehen hatte. Ich war erst wenig in ihn eingedrungen. Vor mir lagen gefühlte - unendliche Weiten - eines dichten Mischwaldes. Er endete erst an den Bergen, die in etwas größerer Entfernung lagen. Von einer menschlichen Siedlung war weit und breit keine Spur. Auch auf den anderen Seiten sah es nicht anders aus. Rund herum war dichter Wald. Ich setzte mich an den Stamm auf den Ast und dachte nach. Wohin sollte ich nun fliehen?

Einen kleinen Augenblick zweifelte ich tatsächlich an meiner Flucht und wollte zurück gehen. Denn, selbst wenn ich Menschen fand - wer sagte mir, dass sie mir helfen würden. Ich hatte nach wie vor keine Ahnung in welchem Land ich mich befand und was hier für Menschen lebten.

Doch dann straffte ich innerlich meine Schultern. Ich hatte es auch früher schon alleine geschafft mich durchzuboxen.

Hatte ich? Wann? Verwundert schüttelte ich meinen Kopf. Damit konnte ich jetzt im Moment aber gar nichts anfangen. Also unterdrückte ich die Erinnerungen.

Ich sah mich noch einmal auf dem Baum sitzend um. Beim Blick auf die fernen Berge, entdeckte ich das erste Morgenlicht. Ganz leise schlich sich die Sonne zwischen den Bergen hervor. Jetzt wusste ich wenigsten, wo Osten war. Die Sonne entfachte ein wahres Farbspektakel am Horizont. Erst zeigte sich ein zartes Rosa, das langsam in ein Lila überging und schließlich dem klaren Blau wich. Staunend konnte ich meinen Blick nicht abwenden. Irgendetwas in mir flüsterte, dass ich dorthin musste. Also versuchte ich mir die Richtung zu merken, wo die Sonne aufgegangen war. Als die Sonne ganz am Himmel stand, kletterte ich wieder von dem Baum. Unten angelangt sah ich wieder nach der Sonne. Es war hier unten recht schwer die Orientierung zu behalten. Doch ich konzentrierte mich und dann fielen mir einige Pfandfinder "Tricks" wieder ein. Den Bäumen wuchs im Norden ein grüner Pelz. Also konnte ich mir so überlegen, wo Osten war und so meinen Weg finden.

Schnell lief ich los. Ich hatte das Gefühl, dass ich ganz gut vorankam. Gegen Mittag war meine Trinkflasche fast leer. Wie von magischer Hand, fand ich etwas später einen klaren Bachlauf. Ich probierte das Wasser erst vorsichtig. Es schmeckte wundervoll frisch und belebend. Als ich aufsah, bemerkte ich ein unnatürliches Leuchten in meiner Nähe. Erschrocken wollte ich davor weglaufen und mich verstecken. Aber irgendwas hielt mich zurück. Mein Herz schlug heftig in meiner Brust.

"Halt!", hörte ich eine Stimme. "Du brauchst keine Angst vor mir zu haben. Ich bin es Apoll."

Ich sah ihn an. Wenn ich nicht schlief, hatte sich einiges verändert. Sonst war er mir doch nur im Traum erschienen. Jetzt sah ich ihn schon am hellen Tag.

"Was willst du?", fragte ich.

"Du bist vom Kurs abgekommen.", antwortete er ohne Umschweife. "Wenn du in die Richtung weiterläufst, haben sie dich bald. Keine 3 km von hier haben sie ein Lager, kurz hinter der großen Lichtung."

"Wo soll ich dann hin?", fragte ich.

Apoll grinste. "Du hast echt alles vergessen, oder?" Er schüttelte den Kopf. "Folge dem Flusslauf, dann kannst du vielleicht auch die Hunde abhängen."

Bevor ich noch irgendetwas fragen konnte, war er verschwunden. Ich ging zum Bach und spülte meine Trinkflasche aus, dann füllte ich sie neu.

Sollte ich Apoll trauen? Was hatte er für ein Interesse an mir?

Doch ich überlegte mir, dass er gar nichts davon hatte mich in die Irre zu locken, oder mich den Verfolgern auszuliefern. Außerdem fiel mir ein, dass der Bach seinen Ursprung durchaus im Gebirge haben konnte. Also überlegte ich nicht mehr lange und machte mich weiter auf den Weg.

Kurz bevor die Nacht hereinbrach, kletterte ich erneut auf einen Baum. Oben erschrak ich. Ich hatte gedacht, ich wäre heute ein gutes Stück gewandert, aber von oben betrachtet war das nicht so. Ich war immer noch weit entfernt von den Bergen und zwischen mir und den Bergen lag ein riesiges Waldgebiet. Immerhin konnte ich von hier oben keine Verfolger entdecken. Aber woher sollten sie auch wissen, dass ich da bin.

Zum Abschluss blickte ich zur Farm zurück. Dort war nach wie vor alles ruhig - kein Alarm wegen meiner Flucht. Aber eigentlich wusste ja auch keiner, dass ich dagewesen war und so konnte auch keiner von meiner Flucht wissen.

Was hatte der Chef gesagt? Sie wollten mich als Wildfang einfangen. Es war also nie geplant, dass ich verfolgt wurde. Was war hier wirklich los?

Ich setzte mich dicht an den Baumstamm und versuchte ein wenig zu schlafen. Die Nacht war lau und so fror ich wenigstens nicht. Gut geschlafen habe ich dennoch nicht, da ich Angst hatte vom Baum zu fallen, wenn ich zu tief einschlief.

Früh am nächsten Morgen kitzelten mich die Sonnenstrahlen wach. Aber da war noch etwas anderes. Als ich ganz wach war, hörte ich Lärm, der von der Farm herüberdrang. Ich setzte mich auf und spähte hinüber. Auf dem Hof hatten sich mehrere Reiter und Fußsoldaten versammelt. Einige LKWs und Pferdetransporter standen ordentlich vor den

Hallen geparkt. Es sah aus wie der Aufbruch einer fröhlichen Jagdgesellschaft. Aber die Felder waren doch noch nicht abgeerntet...

Es dauerte etwas, bis ich begriff, was die Jagdgesellschaft jagen wollte.

Das Herz rutschte mir in die Hose. Nein! dachte ich. Das kann nicht sein...

Mit lautem Gejohle ging es los. Die Hunde jaulten vor Aufregung. Die Reiter passten ihr Tempo den Fußgängern an. Der gesamte Tross bewegte sich langsam, aber sicher auf den Wald zu.

Schnell kletterte ich von meinem Baum herunter und machte mich auf den Weg. Nur weg von hier. Ich stolperte durch den Bach. Vielleicht hatte ich ja doch eine Chance. Gegen Mittag hörte ich sie näherkommen. Unruhig blickte ich mich um. Dann hallten Schüsse durch den Wald. Ich versuchte herauszuhören, woher die Schüsse kamen. Ich hatte den Eindruck sie waren schon vor mir. Oder reflektierte der Wald den Schall? Ich beschloss meinen Weg weiterzugehen. Wohin hätte ich auch ausweichen sollen? Der Bachlauf war meine einzige Orientierungshilfe. Also immer weiter.

Am Abend wurde es wieder ruhiger im Wald. Hatte ich es tatsächlich geschafft? In mir keimte das erste Mal wirklich echte Hoffnung auf.

Ich stieg wieder auf einen Baum zum Schlafen. Ich hoffte, dass ich hier oben unentdeckt bleiben würde, selbst wenn vereinzelte Sucher auch in der Nacht den Wald durchstreiften.

Am nächsten Morgen stockte mir das Herz vor Schreck. Ich wurde wach, als ich Stimmen unter meinem Baum hörte.

"Ich spüre es genau, hier irgendwo versteckt sich noch einer.", sagte der eine Soldat mit dem Gewehr über dem Arm. Ich wagte es kaum zu atmen. Und doch fand ich die Situation lustig. Die Soldaten suchten einen Augenblick weiter im Umkreis um meinen Baum.

"Los komm," sagte der andere. "Wir holen die Hunde, dann werden wir ja sehen, wo er sich versteckt." Damit gingen sie los.

Kaum waren sie außer Sichtweite, als ich schleunigst von meinem Baum herunterkam. Unten hielt ich inne. Waren irgendwo Stimmen oder gar Hunde zu hören? Nein, im Moment war hier alles still. Ich sprintete zum Bach hinüber und lief im seichten Wasser weiter.

Eine halbe Stunde später hörte ich die Hunde hinter mir. Sie waren jetzt an meinem Übernachtungsplatz. Dann jaulte einer der Hunde laut auf. Also hatte er meine Witterung aufgenommen. Ich versuchte mich nicht auf meine Verfolger zu konzentrieren, sondern so schnell wie möglich weiterzukommen. Eine weitere Stunde lief ich so konzentriert vor mich hin. Dann waren sie nicht mehr zu überhören. Laut schnüffelnd kamen die Hunde näher und näher. Panik ergriff mich. Wohin sollte ich mich jetzt wenden, wenn die Hunde meine Spur selbst im Wasser wahrnahmen. Hastig schaute ich mich um. Etwas weiter oben machte der Bach einen Knick und neben dem Bach war dichtes Unterholz. Ich beeilte mich dorthin zu kommen. Unter einem der Büsche grub ich schnell eine Grube, die groß genug für mich war. Dann legte ich mich hinein und bedeckte mich mit Erde und Laub. Ich hoffte so würden sie mich nicht finden. Und tatsächlich. Kaum 20 Minuten, nachdem ich mich eingegraben hatte, hörte ich die Hunde und Soldaten am Bach an mir vorbeilaufen. Innerlich atmete ich durch. Trotzdem blieb ich noch liegen und atmete ganz flach. Langsam entspannte ich mich ein wenig. Etwa zwei Stunden später kamen sie zurück. Die Hunde kehrten zum Bach zurück und versuchten erneut meine Witterung aufzunehmen. Einer von ihnen jaulte laut auf, wusste dann aber auch nicht weiter. Sie suchten noch einige Zeit am Bachlauf, dann gingen sie wieder.

Endlich war alles wieder still. Erleichtert atmete ich auf. Hatte ich es tatsächlich geschafft? War ich ihnen entkommen?

Ich versuchte ein wenig zu schlafen. Am nächsten Morgen wollte ich weiter. Heute war mir zu viel los im Wald. Aber irgendwie fand ich keine Ruhe und so buddelte ich mich mitten in der Nacht aus meinem Versteck.

Doch kaum hatte ich mich in meiner Grube aufgesetzt, als mich eine feuchte Hundenase anstupste. Erschrocken fuhr ich zusammen. Dann streckten sich mir zwei hilfreiche starke Arme entgegen. Ich fasste zu und so wurde ich aus meinem Versteck hervorgeholt. Vor mir standen zwei Soldaten und musterten mich von Kopf bis Fuß.

"Wir haben hier noch eine gefunden.", meldete einer von den beiden über Funkgerät. Die Antwort war knarzig und für mich nicht zu verstehen.

"Wir sollen sie ins Hauptlager rüberbringen.", sagte der eine Soldat. "Der Boss will dann entscheiden, was mit ihr geschieht."

"So das war's dann auch für heute. Die Lkw sind voll."

Der eine Soldat fasste mich am Arm und schob mich sanft, aber bestimmt in eine Richtung.

"Du hast uns ganz schön beschäftigt.", sagte er auf dem Weg zum Hauptlager. "Schon gestern hatten die Hunde deine Witterung aufgenommen."

Ich wusste nicht, was ich darauf antworten sollte, also zuckte ich nur kurz mit den Schultern.

"Magst nicht reden?", fragte er dann. "Musst du auch nicht. - Wir bringen dich jetzt zu unserem Boss und dann sehen wir weiter."

Nach einer halben Stunde Fußweg waren wir im Hauptlager. Der Soldat stellte mich vor einen Baum und meinte ich solle dort warten. Da ich einen weiteren Fluchtversuch für aussichtslos hielt, blieb ich stehen. Fünf Minuten später war der Soldat mit seinem Boss bei mir.

Der Soldat zog mich ein Stück vom Baum weg, damit der Boss mich von allen Seiten anschauen konnte. Langsam ging er um mich herum, klopfte mir Erde von der Kleidung, griff mir an die Oberschenkel und drückte meine Hände. Dann sah er mir noch in die Nase, die Ohren und den Mund.

"Gefällt mir.", sagte der Boss zum Soldaten. Dieser freute sich sichtlich und richtete sich ein Stück weiter auf.

"Die LKW sind eigentlich schon voll, aber einen kleinen Platz für sie werden wir freimachen. Ich rufe gleich drüben an, dass sie mit der Abfahrt noch warten sollen."

"Willst du sie selber rüberbringen?", fragte er dann. Der Soldat nickte stolz. Schnell lief er und holte sich ein Pferd. Dann trat er auf mich zu, nahm einen weichen Strick und band mir die Hände auf dem Rücken zusammen. Anschließend nahm er mich und warf mich mit Schwung auf das Pferd vor den Sattel. Dann schwang er sich in den Sattel und hielt mich mit einer Hand dabei fest.

Das Pferd machte erschrocken einen Satz nach Vorne und galoppierte an.

Mir war schon nach den ersten Schritten übel. Ich hing mit dem Kopf nach unten. Das Blut stieg mir in den Kopf und der Sattelknauf drückte bei jedem Schritt des Pferdes in meinen Magen. Ich versuchte mich ein wenig bequemer hinzulegen, aber die Hand des Soldaten verhinderte das. Durch den Wald musste ich auf die tiefhängenden Zweige aufpassen. Ein paarmal wäre mein Kopf gegen einen Baumstamm gestoßen, wenn ich nicht schnell

209

genug reagiert hätte. Dann kamen wir auf dem Feldweg an und der Soldat gab seinem Pferd die Sporen und trieb es so zu noch größerem Tempo an. Jetzt konnte ich das Würgen kaum mehr unterdrücken. Mir wurde schwarz vor Augen.

"Wenn du mir jetzt die Stiefel vollkotzt, dann werde ich echt sauer.", fuhr der Soldat mich an.

Ich versuchte mich aufzurichten und ihm zu antworten. Doch statt Worte kam nur ein krächzendes Geräusch aus meinem Mund. Schließlich hatte der Soldat ein Einsehen mit mir, zügelte sein Pferd und ließ es im Schritt weitergehen.

"Glaub ja nicht, dass es für dich dadurch leichter wird." sagte er. "Es dauert nur länger."

Ich akzeptierte, dass ich erst mal nichts an meiner Lage ändern konnte. So versuchte ich mich einigermaßen ruhig zu verhalten. Ich atmete so tief durch wie ich konnte. Und schon bald verschwand das ganz üble Gefühl - zurück blieb ein dumpfer Kopfschmerz.

Dann kamen wir auf dem Feldweg an und der Soldat gab seinem Pferd die Sporen und trieb es so zu größerem Tempo an. Jetzt konnte ich das Würgen kaum mehr unterdrücken. Mir wurde schwarz vor Augen. Und irgendwann gab ich mich der Ohnmacht hin.

Ich kam erst wieder zu mir, als der Soldat das Pferd zügelte und sich das Geräusch der Hufe veränderte. Wir hatten den Hof erreicht. Um mich herum fühlte sich alles wie Watte an. Vor einem der Lkw hielt der Soldat sein Pferd an. Er wirkte nervös und auch sein Pferd tippelte aufgeregt hin und zurück. Dann stieg der Soldat ab und hob mich vom Pferd. Unsicher stand ich auf wackeligen Beinen.

"Brauchst keine Angst zu haben.", sagte er zu mir. "Es wird dir hier besser gehen als im Wald. Wir sorgen ab jetzt für dich."

Damit führte er mich vorsichtig zu dem Lkw und klopfte an. Nach einem Augenblick wurde die Tür von innen geöffnet und ein älterer Mann schaute heraus.

"Ich bring dir noch eine Kandidatin.", sagte der Soldat und versuchte dabei cool zu klingen. Doch ich hörte seine Nervosität in der Stimme.

Der Mann schüttelte leicht bedauernd den Kopf. "Tut mir leid, Kleiner. Aber wir sind voll."

Enttäuscht und verwirrt wandte sich der Soldat ab. "Aber der Chef wollte doch angerufen haben..."

"Sorry, bei mir hat er nicht angerufen. Versuch es doch drüben mal. Vielleicht haben die noch einen Platz frei.", sagte der Mann dann. "Du solltest es auf alle Fälle versuchen. - Sie sieht gut aus. Da machst du bestimmt einen satten Gewinn. Wenn die drüben auch keinen Platz haben, kommst Du wieder. Dann nehme ich sie."

Dankbar nickte der Soldat und führte mich zu dem nächsten Lkw. Auf sein Klopfen wurde hier sofort geöffnet.

"Da seid ihr ja endlich. Die anderen wurden schon unruhig." blaffte der Lkw-Fahrer. - Na, das war ja eine nette Begrüßung. Mir lief ein Schauer über den Rücken.

"Du musst diese Papiere noch ausfüllen. Ich nehme sie schon mal." Damit ergriff der Fahrer meinen Arm und zerrte mich in den Lkw. Hinter einer getarnten Wand saßen dort etwa zwanzig andere in einer Art Bus Abteil. Er trieb mich zu einem freien Platz und drückte mich dort auf den Sitz. Dann schnallte er mich mit einem 5-Punkt Gurt an und sicherte das Schloss. Er nahm meinen Arm und schrieb mit Filzstift eine Zahlen- und Buchstabenkombination darauf. Dann füllte er auf einem Block eine Reihe von Zetteln aus. Eine Kopie händigte er dem Soldaten aus. Eine Kopie heftete er an meine Kleidung und die letzte Kopie behielt er selbst.

Er führte den Soldaten aus dem LKW. Jetzt hatte ich Zeit mich ein wenig umzusehen. Es war dunkel und es roch muffig - nach Schweiß, nach Dreck und nach verbrauchter Luft.

"Na, toll..." dachte ich. "Schon wieder so ein Loch..."

Um mich herum saßen noch etwa zwanzig andere Gefangene. Sie wirkten genauso verstört und verängstigt, wie ich mich fühlte. Und doch hatte ich einen gewissen Vorteil. Ich wusste wenigstens, was auf mich zu kam...

Da ich im Moment nichts an meinem Schicksal ändern konnte, lehnte ich mich zurück und döste ein wenig. Als ich dabei an den eben noch erlebten Sonnenaufgang dachte, liefen mir ein paar Tränen die Wangen hinunter.

Erschrocken zuckte ich zusammen, als ich plötzlich eine Hand auf meiner Schulter spürte. Als ich die Augen öffnete, sah mich der ältere Wächter besorgt an.

"So schlimm wird es auch nicht.", sagte er in einem sanften beruhigenden Tonfall. "Wir werden von jetzt an für dich sorgen und dich beschützen."

Sanft wischte er mir mit seinen Daumen die Tränen von der Wange und trocknete meine Augen. Ich sah ihn verwundert an, aber er lächelte mich freundlich an. Und ich brachte tatsächlich unter den Tränen ein Lächeln zustande.

Ich fing an unsicher zu werden. Wo war ich hier gelandet? Ich hatte mit einer groben und brutalen Gefangennahme gerechnet - so wie es sonst auch war. Das hier war aber ganz anders.

Kapitel 26

Etwa eine halbe Stunde nachdem ich eingetroffen war, kam ein anderer Wärter und brachte uns allen etwas zum Essen und Trinken. Erst wollte ich ablehnen, aber als ich die anderen essen sah, bekam ich auch Hunger. Vorsichtig probierte ich die Speisen. Sie waren erstaunlich lecker und sättigend. Nachdem alle satt waren, wurde das Geschirr abgeräumt und jeder bekam jeder eine Trinkflasche.

"Für die Fahrt.", flüsterte mir einer der Wärter zu.

Kurz darauf kam der Fahrer des LKW.

"Wir können los.", sagte er zum Wärter. "Heute kommt nichts mehr rein."

Der Wärter nickte. Gemeinsam gingen sie durch die Reihen und checkten die Gurte. Der Fahrer verließ den LKW und schloss die Tür. Der Wärter setzte sich auf einen der freien Plätze und schnallte sich auch an.

Der Motor startete und der LKW fuhr rumpelnd an. Ich schloss meine Augen und hielt mich an meiner Trinkflasche fest.

Was erwartete mich als nächstes? War das wirklich meine letzte Station bevor der Chef mich zu sich nahm?

Ich wunderte mich über die Ruhe im Inneren. Da merkte ich auch schon, wie auch ich müde wurde und bald darauf einschlief.

Als ich wieder aufwachte hatte der LKW gestoppt und die Tür war offen. Von draußen kam dämmeriges Licht in den Innenraum. Ich blinzelte, um wieder klar sehen zu können. Als sich meine Augen an das Halbdunkel gewöhnt hatten, sah ich den Wärter. Er führte jeden seiner Gefangenen einzeln hinaus. Er war vorsichtig und behandelte alle mit dem gleichen Respekt. Schließlich kam er auf mich zu. Er sah kurz auf die Handfesseln und löste dann den Gurt. Dann half er mir beim Aufstehen und führte mich sicher und bestimmt hinaus.

Draußen sah ich mich erst mal um. Wir standen vor einem unscheinbaren Fabrikgebäude. Schon ein wenig älter, noch aus Backsteinen gebaut. In einiger Entfernung sah ich Wachtürme. Ich atmete tief durch. Es war eine frische würzige Luft, die nach der muffigen Luft im LKW sich richtig gut in der Lunge anfühlte. Ich fühlte einen Zug am

Ellenbogen. Verwundert schaute ich den Wärter an. Was wollte er von mir?

"Na, komm!", sagte er "Hier draußen ist es viel zu kalt für dich." Damit versuchte er mich weiterzuführen. Und tatsächlich bemerkte ich erst jetzt, wie kalt es war. Also ließ ich mich willig durch die Tür führen. Hinter mir schlug die Tür mit einem lauten Krachen ins Schloss. Ich erschrak fürchterlich.

Schlagartig wurde mir klar, dass ich aus diesem Gebäude nie wieder herauskommen würde. Egal, was der Chef mir erzählt hatte oder welchen Plan er sich ausgedacht hatte. Für mich war hier Ende. Ich begann unkontrolliert zu zittern und war nicht in der Lage auch nur einen Schritt weiterzugehen.

Der Wärter rief Verstärkung. Und zu dritt schafften sie es schließlich mich in den nächsten Raum zu bringen. Dort warteten schon die anderen auf mich. Sie standen in einer Reihe auf gekennzeichneten Feldern. Ich wurde auf ein freies Feld zwischen zwei andere gestellt. Ich presste meine Arme fest an meinen Körper, um so das Zittern zu kontrollieren.

Nach einigen Augenblicken kam aus einem Nebenraum ein ganz in schwarz gekleideter Mann. Er trug Stiefel und an seinem Gürtel hing neben einer Lederpeitsche noch einige Waffen. In seiner

Hand hielt er ein Klemmbrett. Ich zuckte bei seinem Anblick zusammen.

An wen erinnerte er mich?

"Guten Morgen!" begrüßte er uns freundlich. Kaum einer reagierte. Doch das schien ihn nicht zu stören. Er blätterte die Zettel auf seinem Klemmbrett durch und musterte jeden einzelnen von uns eingehend, verglich die Nummern auf dem Arm und machte auf den Zetteln einige Notizen. Schließlich war er damit fertig und legte das Brett beiseite. Dann stellte er sich vor uns hin.

"Ihr werdet euch sicher fragen, wo ihr hier seid und was ihr hier sollt." begann er mit einer Ansprache.

"Ihr seid hier in einer der besten Sklavenschulen des Landes. Hier bei uns werden die sogenannten Wildfänge - also ihr - angeliefert. Hier beginnt eure Ausbildung zum Sklaven. Und damit meist der Weg in ein besseres - erfüllteres Leben, als die meisten von euch bisher hatten. Ihr werdet hier registriert, bekommt eine Nummer und einige sogar auch schon ihren Namen." Er betonte dies als sei es etwas ganz Besonderes.

"Ihr werdet schnell merken, dass sich vernünftige Mitarbeit lohnt. - Wir haben hier kein Interesse daran, euch zu quälen und zu foltern - oder euren

218

Geist zu brechen. Aber wir können es. Jedoch würdet ihr dann keine guten Sklaven werden, sondern widerspenstige und unwillige, die kaum zu verkaufen sind. Die Friedhöfe sind voll mit solchen Sklaven." Er machte eine kunstvolle Pause. Verstohlen sah ich mir die anderen an. Sie strahlten den Direktor an, als wäre er ein Gott.

"Ich möchte aber auch betonen, dass wir hier kein Sanatorium sind. Einige von euch werden bestimmt gewisse erzieherische Maßnahmen kennenlernen. Das geschieht dann zu eurem Besten."

Er ging die Reihe entlang und sah jedem von uns dabei in die Augen. Vor mir blieb er stehen und nickte. Dann ging er zurück.

"Als nächstes werdet ihr von euren Betreuern abgeholt. Sie werden sich erst mal um euch kümmern, bis ihr soweit seid, dass wir mit euch arbeiten können. Das wird bei dem einen schneller gehen als bei dem anderen. Eure Betreuer führen euch gleich in einen Behandlungsraum. Dort werdet ihr gründlich körperlich untersucht. Ihr werdet gemessen, gewogen und bewertet. Anhand dieser Kartei werden wir entscheiden, wie eurer weitere Weg hier bei uns aussieht. Anschließend werdet ihr für vier Wochen in die Quarantäne gebracht und dort einzeln ausgebildet." er machte eine abschließende Pause.

"Worum ich euch jetzt noch bitten möchte, ist eine gute Mitarbeit - von jedem von euch - und Verständnis für meine Mitarbeiter. Sie tun nur ihren Job und dass sie dabei manchmal Dinge tun müssen, die euch nicht gefallen - liegt in der Natur der Sache...

Aber ihr könnt durchaus mit ihnen reden - wenn ihr durstig oder hungrig seid, so fragt, ob ihr etwas bekommen könnt. Und wenn ihr euch erleichtern müsst, sagt Bescheid. Niemand von uns wird gerne unerwartet angepinkelt."

Durch die Reihe ging ein Lachen, aber mir stockte das Herz. War ihnen denn nicht klar was das bedeutete? Niemand von uns würde in der nächsten Zeit auch nur den kleinsten Schritt alleine machen können. Alles würden sie uns vorschreiben...

Er wandte sich von uns ab und öffnete eine Tür. Herein kamen zweier Teams, die sich zielstrebig ihren Kandidaten griffen.

Kapitel 27

Ich bekam zwei nicht mehr ganz so junge Männer ab.

"Gott sei Dank keine Frau!" atmete ich durch.

Der eine hatte einen schwarzen Vollbart und Oberarme, die meinen Oberschenkeln Konkurrenz machten. Der andere hatte kurzgeschorene blonde Stoppeln auf dem Kopf und wirkte auf den ersten Blick etwas freundlicher.

Beide begrüßten mich freundlich, aber nicht herzlich. Und führten mich in das Behandlungszimmer. Verschüchtert sah ich mich um. Ich nickte. Das war genau das, was ich erwartet hatte. Dieser Raum sah aus wie jede andere Folterkammer des Chefs. Ich atmete durch. Vielleicht wurde es ja gar nicht so schlimm.

Ich stand mitten in dem Raum und keiner kümmerte sich um mich. Der eine - der mit den blonden Stoppeln hatte sich gleich nach dem Betreten des Raumes von mir abgewandt und durchsuchte nun geschäftig die Schränke. Schließlich hatte er gefunden, was er suchte. Er legte zwei lederne

Armbänder und ein Leinentuch neben sich auf den Tisch. Dann winkte er mich zu sich.

Mit mulmigem Gefühl ging ich auf ihn zu. Mir zitterten die Knie. Als ich bei ihm war, nahm er mir die Zettel ab und reichte sie dem dunkelhaarigen. Er vertiefte sich sofort in die Lektüre. Der andere Musterte mich von oben bis unten, drehte mich ein paarmal um und diktierte seinem Kollegen einige Kürzel.

Dann sah er mich wieder an, tief und intensiv.

"Ausziehen - bitte.", sagte er knapp zu mir. Ich hatte damit irgendwie schon gerechnet, trotzdem war ich jetzt unangenehm berührt. Statt mit mir zu diskutieren, oder ihre Bitte zu verstärken, sah der Blonde nur auf seine Uhr.

Zitternd begann ich der Aufforderung nachzukommen. Sie nahmen mir jedes Kleidungsstück einzeln ab, musterten es, machten sich Notizen und legten es dann sorgfältig zusammen. Bei der Unterwäsche wollte ich stoppen, aber der Blonde machte nur eine kreiselnde Handbewegung. "Weiter..." Also zog ich mich notgedrungen komplett aus.

Als ich nackt vor ihnen stand, legten sie alle anderen Dinge beiseite, unterbrachen ihr Gespräch und kümmerten sich um mich.

Sie führten mich zu einem Kreis in dessen Mitte zwei Fußabdrücke abgebildet waren. Dort musste ich mich hinstellen. Und dort begannen sie mich zu messen: gesamte Körperlänge, Armlänge, Beinlänge, Oberarm, Unterarm, Hand, Handgelenk, Finger, Oberschenkel, Knie, Unterschenkel, Fuß, Fußgelenk... nicht zuletzt der Kopf, Umfang, Höhe, Schädelform...

Irgendwann waren sie dann tatsächlich fertig - dachte ich. Nachdem sie die Maßbänder beiseitegelegt hatten, ging es erst richtig los. Nun wurden sämtliche Körperteile auf Muttermale, Narben und ähnlichem abgesucht und auch das in einer Kartei eingetragen. Die Narbe an der Schulter wurde noch als normal akzeptiert, aber als sie an die Handgelenke kamen, wurden sie still. Betroffen sahen sie sich an.

"Warum hast du das getan?", fragten sie mich.

Ich überlegte einige Augenblicke, was ich sagen sollte. "Ich habe mein Gedächtnis verloren...", begann ich.

"Das kann doch nicht die Ausrede für alles sein.", fuhr der dunkelhaarige mich an. Ich hob meine linke Hand und streckte den Zeigefinger.

"Darf ich fortfahren?", fragte ich abwartend.

Die beiden sahen sich an, machten wieder Notizen und nickten mir zu.

"Ich habe etwa vor zwei Monaten mein Gedächtnis verloren. Das heißt vor zwei Monaten fing ich wieder an zu denken - oder meine derzeitigen Erinnerungen reichen zwei Monate zurück. Wann ich tatsächlich mein Gedächtnis verloren habe, kann ich nicht sagen." Ich machte eine Pause, um mir zu überlegen was ich erzählen durfte.

„Seitdem," fuhr ich fort, "Irre ich orientierungslos umher. Vor ungefähr einem Monat konnte ich nicht mehr. Mir war kalt, ich hatte nichts zu Essen und keine Ahnung, wo ich hinkonnte. Als ich an einem Hospital vorbeikam, hatte ich die Idee. Das Leben machte so keinen Sinn, warum also dran hängen... Also schlich ich mich in ein Behandlungszimmer, suchte mir ein Skalpell. Mit dem schlitzte ich mir die Handgelenke auf. Doch ich hatte nicht bedacht, dass man mich in dem Hospital entdecken und retten würde. Kaum eine Woche später stand ich wieder auf der Straße. - Jetzt satt und durchgewärmt, dafür aber zusätzlich mit einer fetten Arztrechnung im Gepäck."

Ich machte erneut eine Pause - musste ich noch mehr sagen? Ich wusste nicht was und so schwieg ich lieber. Sollten sie doch fragen, wenn ihnen noch was unklar war. Ich hoffte sie konnten nicht die richtigen Fragen stellen...

Der Blonde sah mich an: "Dürfen wir jetzt?" Fragte er voller Ironie und zugleich mit einem scharfen Unterton. Innerlich zuckte ich zusammen. Schweigend reichte mir der andere das Tuch.

"Zieh das mal drüber.", sagte er. Verwundert nahm ich das Tuch auseinander und stellte dabei fest, dass es sich um ein sehr einfaches Kleid handelte. Ich zog es über den Kopf und sah die beiden an.

Der Blonde führte mich zu einem Tisch mit Essen und Trinken.

"Iss jetzt.", sagte er schlicht "Wir machen nachher weiter."

Während ich aß, dachte ich über meine Behandlung hier nach. Sie war sanfter als beim Chef, soviel stand fest. Zumindest bis jetzt. Ich hatte nicht das Gefühl, dass man mich hier mit Gewalt unterdrücken oder unterwerfen wollte. Ich hatte viel eher das Gefühl, sie wollten mich überzeugen, wie toll das Leben als Sklave sein kann. Und zu meiner Überraschung fiel es mir nicht schwer ihren Argumenten zu folgen. Viel zu leicht gab ich meinen Widerstand auf und folgte ihnen wie ein Hündchen.

Als ich mit dem Essen fertig war, holte mich der Blonde wieder ab. Ich merkte gleich, dass er kühler war als vorher. "So, dann wollen wir mal." sagte er. Ich wusste nicht, ob er mir Mut zusprechen wollte oder sich selbst.

"Es wird jetzt gleich ein wenig unangenehm, aber es muss sein."

Und es wurde tatsächlich "Etwas" unangenehm. Es war gar nicht unbedingt der Schmerz, der mich bei der Erinnerung erschauern lässt. Viel schlimmer war die eigene Hilflosigkeit - das Wissen, jeder Widerstand würde es nur noch schmerzhafter machen und der Anblick der Gesichter, der Ausbilder. Nach der zweiten oder dritten "Untersuchung" hat sich mein Geist ausgeblendet und waberte im Nirwana umher. Als er dann irgendwann zurückkehrte, waren nur noch die körperlichen Schmerzen da. Ich lag noch auf der Untersuchungsliege. Der Bärtige reichte mir wortlos ein Taschentuch und wischte mir sanft die

Tränen aus dem Gesicht. Mir war es unangenehm, dass er mich so sah. Aber er tat, als würde er nichts merken. Dann löste er die Gurte und übrigen Fesseln. Ich versuchte aufzustehen und schaffte es auch fast. Mich ergriff sofort ein böser Schwindel und so setzte ich mich wieder zurück. Da es auch im Sitzen nicht besser wurde legte ich mich auf den Rücken und schloss die Augen.

Kapitel 28

Als ich die Augen wieder öffnete sah ich in den Lauf eines Sturmgewehrs. Verwirrt blinzelte ich. Mein Kopf funktionierte noch nicht wirklich. Doch ich erkannte, dass ich noch immer auf der Untersuchungsliege lag. Langsam richtete ich mich auf. Der Soldat hinter dem Gewehr wich nervös zurück und rief um Hilfe. Die Waffe hielt er weiter im Anschlag und sein Zeigefinger zuckte nervös um den Abzug herum.

Suchend blickte ich mich um. Wo waren meine beiden Ausbilder? Wieso konnte ich sie nirgendwo entdecken? Ich hoffte, sie könnten mir erklären was hier los war. In der Zwischenzeit hatte der Soldat seine Verstärkung bekommen. Grob zerrten sie mich von der Liege und zwangen mich kniend auf den Boden. Die Arme wurden mir hinter dem Kopf verschränkt. Als ich auf dem Boden kniete entdeckte ich auf der anderen Seite der Liege zwei auf dem Boden liegende leblose Gestalten. Die Köpfe standen in einem seltsamen Winkel vom Körper ab. Was war hier geschehen? Wieso lebte ich noch?

Ehe ich noch länger nachdenken konnte, wurden mir die Hände auf dem Rücken gefesselt und ich wurde auf die Beine hochgezogen. Anschließend schleppten sie mich zu einem massiven Stuhl. Der Direktor der Sklavenschule setzte sich gegenüber von mir auf einen anderen Stuhl.

"Wieso?" fragte er mich. Ich verstand nicht.

"Wieso bringst du meine besten Leute um?", fragte er mit zusammen gebissenen Zähnen.

"Ich war es nicht.", antwortet ich mit zittriger Stimme.

"Wer soll es dann gewesen sein? - Es war doch niemand sonst da!"

"Aber ich war ohnmächtig und außerdem vor Schmerzen kaum in der Lage mich zu bewegen." hielt ich ihm entgegen.

"So?", sagte er. Mehr nicht. Doch dieses "so" machte mir mehr Angst, als alles was er hätte sagen können. Er winkte einen Soldaten zu sich heran. Dieser trat auf ihn zu und reichte ihm einen Laptop. Nach ein paar Minuten spielte er mir ein Video vor - anscheinend von einer Überwachungskamera.

Voller Schrecken sah ich mir das Video an. Erst konnte ich sehen wie ich gefoltert wurde und ich fühlte erneut die Schmerzen. Als sie dann von mir abließen, war zu sehen, wie ich mich erst wieder hinlegte und die Augen schloss. Ein paar Minuten geschah gar nichts weiter. Dann trat der Blonde an die Liege heran, um nach mir zu sehen. Keine drei Sekunden später brach er tot zusammen. Der Bärtige wollte ihm zu Hilfe kommen - aber auch er hatte keine Chance, obwohl er wusste, worauf er sich einließ. Auch er war tot, ehe er den Boden berührte.

Zitternd saß ich vor dem Monitor und konnte nichts sagen.

Kapitel 29

"Was sollen wir jetzt nur mit dir anfangen?", fragte mich der Direktor der Sklavenschule und sah mich dabei ratlos an.

"Eins steht mal fest: Mit gutem Gewissen kann ich dich hier nicht weiter ausbilden. Das Risiko ist mir zu groß.- Und selbst wenn du die Ausbildung meisterst, wer garantiert mir, dass das so bleibt? Was wenn du irgendwann über deine neuen Herrschaften genauso herfällst?"

In der entstehenden Pause wusste ich auch nichts zu sagen. Ich wollte erwähnen, dass die beiden mich bis aufs Blut gepeinigt hatten, aber ich war mir nicht sicher, ob es nicht vielleicht doch so sein musste. Also schwieg ich.

"Es tut mir leid, aber ich sehe keine andere Möglichkeit, als den Henker für dich zu rufen." fuhr er fort.

Langsam nickte ich. - Ich hatte zwar die Worte gehört, doch verstanden hatte ich sie nicht. Nur ganz langsam sickerte mir die Bedeutung in mein Gehirn.

"Henker? ... Das heißt er will mich töten lassen..."

"Cool!", dachte ich spontan. "Endlich bringst du es hinter dich!"

Doch dann wurde mir schlagartig klar, wie endgültig der Tod ist und mir wurde flau im Magen.

"Wann?", fragte ich mit leicht zittriger Stimme.

"Sobald der Henker Zeit für dich hat.", antwortete der Direktor. "Ich werde gleich einen anfordern und spätestens in einer Woche sollten wir es dann hinter uns gebracht haben."

Auf einen Wink vom Direktor führten mich zwei Soldaten in eine etwas abgelegene Zelle. Verwirrt setzte ich mich erst mal auf die Pritsche. Ich versuchte mich zu erinnern, was geschehen war. Aber nach wie vor war alles dunkel - es gab nicht die kleinste Erinnerung - nicht einmal den kleinsten Schatten. Ich fragte mich, ob wohl irgendjemand dem Chef Bescheid sagen würde. Er war der einzige, für den es mir leid tat. Er hatte einiges für mich riskiert und ich enttäuschte ihn jetzt so. Ich versuchte mir sein Gesicht vorzustellen, wenn er mich abholen wollte und dabei erfuhr, dass ich lange tot war. Spontan wollte ich ihm einen Brief schreiben - bis mir einfiel, dass das unmöglich ging. Erstens hatte ich keinen Namen und keine Adresse. Zweitens, wenn ich dem Direktor hier einen Brief für den Chef gab, konnte er ihn vielleicht sogar zuordnen, aber ich brachte damit den Chef auch in Gefahr. Woher sollte ich wissen, dass ich von jemanden abgeholt werden sollte, wenn ich doch ein "Wildfang" war...

Also verwarf ich diesen Plan wieder - er würde es schon irgendwie verstehen...

Dabei konnte ich es selbst noch nicht wirklich glauben, dass ich in einer Woche sterben sollte.

Nach einigen Tagen kam der Direktor wieder zu mir und setzte sich neben mich auf die Pritsche.

"Und?", fragte er. "Kannst du mir jetzt sagen, warum du die beiden getötet hast?"

Ich schaute an ihm vorbei.

"Nein, tut mir leid. Ich habe nach wie vor keine Erinnerung an die Tat. - Ich akzeptiere euer Urteil, weil ich das Video gesehen habe." Ich machte eine Pause zum Luftholen und nachdenken. Doch eigentlich wusste ich gar nicht was ich noch sagen sollte, also schwieg ich.

"Schade!", der Direktor wirkte wirklich enttäuscht. "Ich hätte den Angehörigen gern etwas anderes mitgeteilt. Es ist so schon schwer genug für sie. Aber zu wissen wer einen lieben Angehörigen ermordet hat und dann trotzdem keine Erklärung zu bekommen... Das macht es nicht eben leichter."

Der Direktor stand auf.

"Der Henker hat übermorgen Zeit für dich. Er konnte einen anderen Termin verschieben, so dass wir es dann bald hinter uns haben. Da wir die ganze Angelegenheit nicht an die große Glocke gehangen haben, wird es auch eine nicht öffentliche Hinrichtung."

Er stand auf und ging zur Tür. "Aber morgen werden wir dazu noch eine kurze Besprechung haben." Damit ging er wieder.

Als sich die Tür hinter ihm schloss bekam ich einen Panikanfall. Ich sprang auf die Tür zu und versuchte sie mit aller Kraft wieder aufzubekommen. Als mir das nicht gelang, hämmerte ich so lange mit meinen Fäusten dagegen, bis mir die Hände wehtaten und anfingen blutig zu werden. Dann brach ich schluchzend zusammen. Lange saß ich mit dem Rücken gegen die Tür gelehnt und ließ meinen Tränen freien Lauf. Irgendwann raffte ich mich doch wieder auf. Ich schleppte mich zu dem Tisch und suchte Schreibzeug zusammen. Ich wollte einen Abschiedsbrief schreiben. Aber dann dachte ich nach. An wen sollte ich ihn nur schicken?

Den Chef hatte ich vorhin schon ausgeschlossen, aber wer blieb dann noch? Die Angehörigen meiner Opfer? Würde ich das im umgekehrten Fall gut finden? Doch nur, wenn eine Erklärung darinstand. Aber genau die konnte ich nicht bieten. Also warum sollte ich ihnen dann schreiben. Nur um mich selbst zu bemitleiden? So war ich doch früher auch nicht...

Frustriert warf ich das Schreibzeug in die Ecke. Ich blieb einen Augenblick am Tisch sitzen. Gab es wirklich niemanden, dem ich schreiben konnte? Würde mich denn niemand vermissen?

Nein, da gab es niemanden. Zumindest nicht, dass ich es wüsste.

Mit diesem deprimierenden Gefühl schleppte ich mich in mein Bett. Unruhig wälzte ich mich hin und her und fand keinen Schlaf. Doch in mir reifte langsam die Erkenntnis, dass es eigentlich ganz gut war, niemanden zurückzulassen.

Sterben machte mir nichts aus. Doch jemanden zurückzulassen war echt blöd. Ich erinnerte mich an so manche Beerdigung und immer waren da die verheulten Gesichter, oft auch das Gefühl "man könne ohne den Verstorbenen selbst nicht weiter Leben". All das blieb mir erspart.

So erleichtert schlief ich entspannt ein.

Kaum war ich eingeschlafen, stand Apoll vor mir. "Ki moun ou ye?", fragte er.

"Ich weiß es doch nicht!", hielt ich ihm genervt entgegen. "Sag du es mir.", forderte ich ihn auf. Er stand in seiner leuchtenden Aura und grinste mich an.

"Ich weiß wer du bist!" er freute sich. Er verneigte sich leicht vor mir.

"Ich freue mich, dich endlich gefunden zu haben. Hier könnte eine Suche enden, die fast 2000 Jahre gedauert hat."

"Dann sag es mir doch jetzt bitte auch." Ich flehte ihn fast an. Doch er stand da und schüttelte sein Haupt.

"Nein, ich kann dich nur mitnehmen, wenn du von alleine draufkommst. Vielleicht kann ich dir ein wenig helfen, aber mehr geht nicht."

"Mitnehmen? Wohin?", fragte ich aufgeregt. "Bitte beeil dich - ich soll übermorgen getötet werden, und dann geh ich nirgendwo mehr hin."

"Ohh!", sagte er überrascht, "Na, dann solltest du dich vielleicht beeilen. Denk nach, wenn du weißt wer ich bin und du auch weißt, dass wir uns schon sehr lange kennen, dann könntest du auch

236

draufkommen, woher wir uns kennen. Ich habe mich dir extra in meiner ursprünglichsten Form gezeigt. Und versuch dich zu erinnern, wo wir neulich waren."

Damit war er wieder verschwunden. Ich wachte auf und sah mich um. Ich war nach wie vor in meiner Zelle. Der Mond schien zum Fenster hinein. Vielleicht hatte er mich auf eine falsche Fährte geführt und das helle Licht kam nicht von Apoll, sondern vom Mond.

Und doch... schnell stand ich auf und hob das Schreibzeug aus der Ecke auf. Gedankenverloren versuchte ich Apoll zu zeichnen, wie er war. Wie er gerade war und wie er mir das erste Mal erschienen war. Ich zeichnete auch seine Gestalt als alter Mann.

Dann legte ich die Bilder nebeneinander. Aber ich kam noch immer nicht drauf. Mein Kopf war wie ein großes Vakuum.

Ich legte mich wieder zum Schlafen.

Kaum war ich eingeschlafen, als sich wieder ein Traumnebel bildete. Als sich die Bilder diesmal klärten stand nicht Apoll vor mir, sondern Parker. Verwundert und enttäuscht sah ich ihn an.

"Was machst du hier?" fragte er mich.

"Ich versuche zu schlafen.", antwortete ich.

"Du weißt, wo du hier bist?", fragte er.

"Ja, natürlich weiß ich das.", antwortete ich verwundert.

Er schüttelte den Kopf. "Ich glaube nicht, dass dir das wirklich klar ist.", sagte er. "Du bist hier im Todestrakt der Sklavenschule."

"Ja, ich weiß.", antwortete ich und biss mir dabei fest auf die Zähne, denn mir wurde inzwischen schon übel bei dem Gedanken daran.

"Das musst du mir nicht noch extra sagen. - Ich weiß das sehr genau. Übermorgen soll ich hingerichtet werden."

"Warum unternimmst du nichts dagegen?", fragte Parker.

Gedankenverloren zuckte ich mit den Achseln. "Erstens habe ich keine Idee, was ich machen könnte. ... Und zweitens habe ich auch keine Kraft mehr. Ich mag nicht mehr kämpfen, ich bin nicht mehr bereit irgendwelche Schmerzen auszuhalten. Für was? Ehrlich - ich bin froh, wenn es endlich vorbei ist. Sie behandeln mich hier jetzt einigermaßen >menschlich< und so kann ich entspannt auf mein Ende warten."

Parker schluckte, "Aber..." begann er, doch ich merkte, er wusste nicht was er sagen sollte.

Dann begann seine Gestalt zu verblassen und statt seiner stand wieder Apoll vor mir. Aber auch er sagte nichts, sah mich nur stumm an. Dann war auch er wieder weg und ich schlief traumlos weiter.

Kapitel 30

Früh am nächsten Morgen wurde ich geweckt. Verschlafen räkelte ich mich im Bett und streckte mich genüsslich. Fröhlich stand ein junges Mädchen in der Zelle und brachte mir ein wirklich leckeres Frühstück. Es gab alles, was man für einen guten Start in den Tag brauchte: knusprige Brötchen, Marmelade, frischen Kaffee, Milch, Rühreier mit Speck. Wieder ein Frühstück dachte ich bei mir.

Einzig den Kaffee sah ich bedauernd an. Aber selbst er duftete so herrlich, dass ich meinen Tee nicht vermisste. Meine Gedanken schweiften zu dem letzten Frühstück mit dem Chef. Verträumt begann ich zu lächeln und biss dabei in mein Brötchen.

"Darf ich mich mitfreuen?", der Direktor war leise hereingekommen und stand nun neben mir. Vor Schreck ließ ich das Brötchen fallen. Als ich mich wieder gefangen hatte schüttelte ich den Kopf.

"Nein, eher nicht." Antwortete ich "Es wäre für sie nicht halb so lustig, wie für mich."

"Ich bedanke mich für dieses wirklich absolut gelungene Frühstück.", schob ich schnell hinterher.

Er sah mich merkwürdig an, sagte aber nichts weiter dazu. Dann nahm er sich eine Tasse Kaffee und wartete geduldig, bis ich fertig war.

"Wir haben heute einiges vor - und was ist da besser als ein guter Start in den Tag." sagte er.

"Dann lass uns mal den Tagesablauf durchgehen."

Da ich nicht wusste, was mich überhaupt erwartete, nickte ich gespannt. Daraufhin zog er einen gefalteten Zettel aus seiner Brusttasche hervor.

"Als erstes gehen wir gleich rüber in die Kleiderkammer. Dort wirst du eingekleidet. Du kannst dir aussuchen, was dir gefällt - und passen sollte es einigermaßen. Denn so viel Zeit zum Ändern haben wir nicht mehr.

Wir können dich ja schlecht in dem da... " dabei deutete er auf mein "Kleid", dass ich gerade trug ... zum Henker schicken. Was soll der denn von dir denken?"

Mir war es ganz recht, wenn ich noch einmal richtige Kleidung bekam. Das Kleid war aus Jute oder etwas Ähnlichem und juckte ganz fürchterlich. Trotzdem fragte ich: "Warum?"

"Kennst du die Legende nicht?", fragte der Direktor mich mit breitem Grinsen.

Ich schüttelte den Kopf. "Nicht das ich wüsste. Nein."

"Der Legende nach behalten Geister die Kleidung an, in der sie gestorben sind. Und mal ehrlich - ich möchte dich nicht die nächsten 200 Jahre oder länger in dem Zeug da rum geistern sehen. - Falls du beschließen solltest als Geist wieder zu kommen.", er machte eine Pause, "Außerdem sollst du dich wohlfühlen - zumindest heute und morgen noch."

"Gut, wenn wir dort fertig sind, ist es wahrscheinlich schon Zeit fürs Mittagessen. Da kannst du dir aussuchen, was du gerne essen möchtest.", er sah mich erwartungsvoll an.

Eigentlich hatte ich gar keinen Hunger.

"Ich hätte gerne ein Steak mit Pommes und Speckbohnen. Darf ich auch Nachtisch?", fragte ich.

"Klar warum nicht."

"OK, dann möchte ich Vanilleeis mit frischem Obst."

Der Direktor nickte. "Gut, ich gebe es gleich weiter." Er stand auf und reichte seinen Zettel an den Soldaten an der Tür weiter.

Ich spürte, wie ich immer nervöser wurde. Der Direktor kam lächelnd zurück.

"Nach dem Essen hast du erst mal eine Pause. In der solltest du dich frischmachen und dich umziehen. Denn nach der Pause triffst du die Angehörigen deiner Opfer."

Erschrocken sah ich ihn an.

"Nein, das kann ich nicht!", ich sah ihn an.

Aber er blieb hart. "Du warst stark genug ihre Familienväter zu ermorden, dann sei jetzt auch stark genug den Familien entgegenzutreten. Vielleicht schaffst du es ja auch dich zu entschuldigen. - Oder erkläre den Kindern wenigstens, warum sie ab sofort ohne Vater aufwachsen müssen."

Innerlich war ich total leer, was sollte ich dort nur machen? Ich konnte ihnen nichts erzählen.

Unwillkürlich schüttelte ich den Kopf. "Nein."

"Doch du wirst... Und du solltest dir etwas Gutes einfallen lassen. Sie sind die einzigen, die dich noch begnadigen können."

Verwundert sah ich ihn an.

"Wenn du sie um dein Leben bittest, können sie bei mir einen Antrag stellen. Dem kann ich folgen, muss ich aber nicht..."

Ich starrte zu Boden. Ich wollte es noch immer nicht, aber auch hier hatte ich keine Wahl. Sie würden mich dorthin schleifen, egal wie.

"Nach diesem Gespräch, ist es Zeit fürs Abendbrot." fuhr er dann fort. "Du wirst nur eine Kleinigkeit erhalten, da am nächsten Morgen die Hinrichtung beginnt und schweres Essen da nur im Weg wäre. Es wird ausreichend sein und du wirst satt werden - mehr aber nicht."

Ich nickte und schluckte - es fühlte sich auf einmal alles so pelzig an. Ich fühlte mich wie in einer riesigen Wolke gefangen.

"Nach dem Abendbrot, wollte der Henker dich kennenlernen."

Ich zuckte zusammen. "Heute schon?", fragte ich mit zittriger Stimme.

"Ja." Antwortete der Direktor, "aber wirklich nur kennenlernen." Versuchte der Direktor mich zu beruhigen.

"Da wir keine Todesart vorgegeben haben, würde er dich gerne vorher kennenlernen, um sich für einen Weg zu entscheiden."

Ich schluckte. Über das "Wie" hatte ich mir noch gar keine Gedanken gemacht. Innerlich hoffte ich auf einen schnellen Tod - dann war das wie auch nicht so entscheidend. Ob er mir die Kehle durchschnitt, mich erschoss oder erhängte, war für mich nicht wichtig.

"Wird er es mir gleich sagen, wie er sich entschieden hat?"

"Kann ich dir ehrlich nicht sagen. Aber normalerweise führen die Henker erst das Gespräch und haben dann einige Tage Zeit sich zu entscheiden. Bei dir ist das jetzt alles etwas kurzfristig. Möglich, dass der Henker die Nacht braucht, um sich zu entscheiden. Es ist aber ebenso gut möglich, dass er dich sieht und sich sofort entscheidet."

Ich nahm allen meinen Mut zusammen und fragte: "Darf ich einen Wunsch äußern?"

"Ich kann es dem Henker gerne mitteilen, wenn ich ihn vorher noch sehe. Aber ob er sich daranhält, kann ich nicht versprechen."

Mehr konnte ich nicht erwarten: "Ich möchte auf keinen Fall auf dem "Elektrischen Stuhl" enden.

Der Direktor sah mich ernst an. Dann konnte er sich ein Grinsen nicht verkneifen und schließlich war er kurz davor laut zu lachen.

Verwirrt sah ich ihn an.

"Sorry, Kleines!", sagte er amüsiert. "Da kann ich dich beruhigen. "Wir haben keinen „Elektrischen Stuhl". Strom verwenden wir hier zum Kochen, zum Lichtmachen, für Defis und vielleicht mal zur Stimulation - aber nicht zum Töten. Das ist doch barbarisch." Er konnte kaum weiterreden.

Erleichtert atmete ich durch. In meiner Vorstellung gab es tatsächlich nichts Schrecklicheres und Unwürdigeres, als auf dem „Elektrischen Stuhl" zu sterben: festgeschnallt, verdrahtet, dann sabbernd und unter größten Schmerzen. Ich war froh, dass mir das erspart blieb.

Meine Gedanken schweiften ab. Irgendwie hatte ich immer erwartet im Kampf zu fallen. Doch nie war mir im Einsatz etwas passiert - außer kleineren Blessuren, hier mal ein Streifschuss, dort mal eine Prellung. Aber nichts, was nicht innerhalb von zwei Wochen wieder geheilt war.

Ich begriff zunächst gar nicht, dass ich mich an mein Leben erinnerte. Ich erkannte einige meiner Einsätze, roch die Umgebung und spürte meine Kameraden in meiner Nähe. Ich beobachtete mein Leben durch eine Glaswand, konnte aber nicht eingreifen. Und ich hatte das Gefühl, ich könnte meinen Namen, mein wahres ich erreichen - aber leider wieder nur fast.

"Wo bist du?", fragte mich der Direktor nach einiger Zeit.

Es dauerte einige Zeit, bis ich begriff, dass ich im hier und jetzt gemeint war. Langsam wandte ich mich mit einiger Enttäuschung wieder von meinem anderen Leben ab und kehrte zurück.

Noch mit verschleiertem Blick sah ich den Direktor an. Ein leichter Schauer lief mir den Rücken hinunter und ich schüttelte mich. Dann war ich wieder ganz da. Bedauernd zuckte ich mit den Achseln.

Der Direktor stand vor mir.

"Ich glaube, wir legen mal besser los.", sagte er mit einem seltsamen Unterton.

Damit nahm er ein Paar Handschellen und fesselte mir die Hände auf dem Rücken. Auf sein Klopfen wurde die Zellentür geöffnet. Er griff hart in die Fesselung und an meine Schulter und führte mich so hinaus.

Ich stöhnte laut auf, als der Direktor in die Handschellen griff. Es schmerzte ohne Ende. Irgendetwas war anders als sonst. Eigentlich hatte ich gelernt, mich in der Fesselung zu entspannen - oder sie zumindest zu akzeptieren. Aber diesmal funktionierte es gar nicht. Unwillig zappelte ich hin und her und zerrte schon fast verzweifelt an den Handschellen. Die Schmerzen wurden dadurch auch nicht besser. Mit jedem Schritt wurde es schlimmer. Der Direktor bemerkte mein Rumgezappel und wurde dadurch nervös. Ich konnte ihn sogar verstehen, wenn ich bedachte, warum ich hier war. Bei den beiden anderen genügte auch nur eine kurze Unaufmerksamkeit und sie waren tot. Sicherlich fürchtete er gleich einen Angriff von mir. Aber nichts dergleichen hatte ich vor - nicht bewusst.

"Hör jetzt damit auf!", fuhr er mich an und zog heftig an der Fesselung. Stöhnend ging ich in die Knie. Ich brauchte einen Moment, um gegen den Schmerz anzuatmen, dann bekam ich wieder Luft.

Der Direktor sah mich mit einer Mischung aus Angst und "genervt" an.

"Was ist los mit Dir?", fragte er.

"Ich weiß es nicht.", antwortete ich wahrheitsgemäß. "Irgendetwas stimmt heute nicht. Die Fesseln brennen, wie Feuer und meine Schultern fühlen sich ausgekugelt an. Jeder einzelne Schritt schmerzt."

Ich schaute auf den Direktor und wusste, er hatte nichts verstanden. - Oder es war ihm egal. Er hatte bestimmt schon etliche Sklaven gezähmt, aber noch nie darüber nachgedacht, warum es funktionierte. Ich wusste, er würde es auch jetzt nicht verstehen und seine bewährte Verhaltensweise beibehalten. Also rappelte ich mich mühsam wieder hoch und nickte ihm zu.

"Wir können weiter."

Unverändert hart griff er in die Handschellen und schob mich vorwärts. Mir liefen inzwischen dicke Tränen die Wangen hinunter - aber ich sagte nichts mehr.

Als wir unser Ziel erreicht hatten, war mir vor Schmerz schwindelig und übel. Der Direktor schob mich in einen Raum und schloss die Tür. Jetzt hatte ich endgültig genug von der Fesselung - ich schrie - besser ich brüllte - einmal kurz meinen ganzen Schmerz hinaus, bewegte meine Arme einmal ruckartig rauf und wieder runter, - und hatte die Handschellen ab. Wortlos reichte ich sie dem Direktor. Der sah mich ängstlich an. Er zog reflexartig seinen Abwehrstock hervor und hielt ihn mir entgegen.

"Alles gut!", flüsterte er mir heiser zu. "Gaaaanz ruhig." Ich lächelte, als ich seine Todesangst in der Stimme hörte.

"Ich werde dir nichts tun.", versuchte ich ihn zu beruhigen. "Ich musste nur ganz schnell die Handschellen loswerden. Keine Sorge - ich habe mich im Griff."

Der Direktor entspannte sich wieder und nahm den Stock herunter.

"Ich glaube je eher wir das hier hinter uns haben umso besser für uns alle!"

Er drückte auf eine Klingel und kurz darauf erschienen zwei Mädels, die mich mit in die Kleiderkammer nahmen.

Ich überlegte lange und probierte viele Sachen aus. Schließlich entschied ich mich für eine Jeans und einen Pullover für den restlichen Tag. Für meine Hinrichtung (und für mein Geisterleben ;-)) wählte ich ein Jadegrünes Kleid mit einem engen Oberteil und einer etwas weiteren warmen Jacke. Die würde mir zwar nicht gegen die innere Kälte helfen, aber wer weiß schon wie warm so eine "Hinrichtungskammer" ist.

Erschöpft, aber zufrieden kehrte ich zu dem Direktor zurück. Er nickte nur und nahm mir das Kleid ab. Er reichte es einem Soldaten, der es in meine Zelle bringen sollte.

Dann ging es zum Mittagessen. Zum Glück hatte der Direktor ein Einsehen und verzichtete für den Weg dorthin auf Handschellen oder ähnliches. Das Essen war wirklich fantastisch. Niemals zuvor hatte ich so ein leckeres Steak gegessen. Insgeheim dachte ich es sei ganz gut das Leben mit so einem Essen zu beschließen - was konnte danach noch kommen? Auch die Atmosphäre war mehr als angenehm. Der Direktor hatte mir ein Tischherr besorgt, der sich hervorragend auf "Smalltalk", gespickt mit ein paar Komplimenten, verstand. So war ich fast enttäuscht, als das Essen zu Ende war und der Direktor mich wieder abholte.

Da wir aber mit der Zeit schon in Verzug waren, entfiel meine Pause und er brachte mich direkt zu dem Treffen mit den Familien. Der Direktor stellte uns kurz vor und verabschiedete sich dann höflich. Ich setzte mich an die eine Seite des Tisches. Alle starrten mich an. Und ich wusste nicht was ich tun sollte. Ein paarmal holte ich Luft, um etwas zu sagen. Aber mir fiel nichts sinnvolles ein. Ich versuchte mich doch noch an etwas zu erinnern, aber es war nach wie vor alles dunkel. Also blieb ich stumm auf meinem Platz. Beinah wünschte ich, die Familien würden mich angreifen, mir Vorwürfe machen. Dann könnte ich mich verteidigen oder eben auch nicht...

Aber auch von ihnen kam nichts. Die Frauen sahen mich hasserfüllt an, die jüngeren Kinder betrachteten mich neugierig, die älteren mit Tränen in den Augen.

Ich wollte mich entschuldigen. Aber wofür sollte ich mich entschuldigen? Ich hielt mich nicht für einen verrückten Killer, der wahllos Menschen ermordete. Also hatte ich bestimmt meinen Grund gehabt. Da wir uns nur anschwiegen, begann ich ein wenig nachzudenken. Ich fragte mich ernsthaft, ob die Familien wussten, womit ihre Väter ihr Geld verdient hatten und wie man damit leben kann.

Ich wusste, ich konnte hier um mein Leben bitten, aber wollte ich das wirklich? Wollte ich den Rest meines Lebens bei diesen Leuten in der Schuld stehen?

Nein - bestimmt nicht! Es war schon ganz gut, dass mein Leben morgen enden würde.

Nach etwa zwei Stunden kam der Direktor mich wieder abholen. Erleichtert stand ich auf.

"Und?" fragte er sowohl mich als auch die Familien. Ich stand schweigend auf und stellte mich demonstrativ zu dem Soldaten. Hier gab es für mich nichts mehr zu tun oder zu sagen. Der Direktor blickte von mir auf die Familien, aber auch dort herrschte ein eisiges Schweigen. Achselzuckend gab er dem Soldaten einen Wink und er brachte mich wieder in meine Zelle. Ehrlich erleichtert und geschafft von dem bisherigen Tag ließ ich mich auf mein Bett fallen und blieb dort erst mal regungslos liegen.

Mein Kopf war leer. Und so döste ich ein wenig.

Nach einiger Zeit hörte ich, wie die Tür erneut geöffnet wurde. Ich schreckte hoch, für einen kurzen Moment wusste ich wirklich nicht, wo ich war.

Dann stand der Direktor vor mir. Besorgt sah ich ihn an. War der Henker da? Musste ich schon wieder los?

"Sie haben mich um dein Leben gebeten.", sagte er knapp.

Vor Erstaunen verschluckte ich mich an dem Wasser, was ich gerade getrunken hatte und hustete.

"Das kann nicht sein!" antwortete ich, als ich wieder Luft bekam. "Ich habe kein Wort mit ihnen geredet. Im Vertrauen sie waren mir nicht einmal besonders sympathisch."

"Das kann ja alles sein.", sagte der Direktor "Sie haben jedenfalls den Antrag gestellt und ich habe jetzt theoretisch zwei Tage Zeit, um darüber zu entscheiden."

"Und?", fragte ich, ohne mir jedoch irgendwelche Hoffnungen zu machen.

"Ich weiß es nicht!", antwortete er. "Ich weiß es wirklich nicht. Sag du es mir!"

Ich dachte einige Minuten nach. Mir schwirrte der Kopf. Sollte ich dem sicheren Tod hier doch noch entkommen? Aber was erwartete mich dann? Gehirnwäsche damit ich funktionierte und ein "guter" Sklave werden konnte. Ich dachte an den Chef und überlegte, ob er oder ob irgendetwas an meinem jetzigen Leben das wert war.

"Nein...", sagte ich schließlich laut, aber eigentlich mehr zu mir selbst. Dann sah ich den Direktor an.

"Es ist besser, wenn mein Leben morgen endet.", sagte ich ihm. "Ich sehe hier und jetzt keine Alternative."

"Ich werde niemals ein guter Sklave werden. - Nicht, solange ihr mir noch etwas von meinem Verstand lasst. Sicherlich habt ihr die Möglichkeiten mich komplett zu brechen. Aber was dann übrig bleibt von mir, macht es für mich nicht erstrebenswert zu überleben. - Dann ist der ehrliche Tod morgen, die bessere Alternative."

Der Direktor antwortete lange nicht darauf. Ich hatte beinah das Gefühl, er hätte eine andere Antwort erhofft. Dann nickte er langsam.

"Ja, das deckt sich auch mit meinem Eindruck. Es wär sicher eine Riesen Aufgabe, dich auszubilden, die nicht ganz ohne Reiz ist. Aber natürlich hast du recht: von dir selber bleibt dann nicht viel übrig..."

"Ich schicke dir also den Henker, sobald er eingetroffen ist." Ohne eine weitere Antwort abzuwarten, war der Direktor verschwunden.

Ich setzte mich auf mein Bett und wartete. Langsam wurde es dunkel, aber ich wartete weiter. Ich wollte nicht schlafen. Ich wollte mitbekommen, wenn der Henker mich besuchen kam. Und ich wollte auf keinen Fall von ihm geweckt werden.

Irgendwann übermannte mich die Müdigkeit dann doch. Unruhig warf ich mich im Schlaf hin und her.

Als ich zwischen den Schlafphasen kurz wach wurde, saß ein blutjunges Mädchen neben mir auf dem Bett.

"Hallo!" hauchte sie "Bist du jetzt wach?"

Ich schüttelte mich und fuhr mit der Hand durch meine Haare und rieb mir die Augen. Dann nickte ich.

"Ich denke schon."

"Gut," sagte sie noch immer in ihrem zuckersüßen "Barbie-Stimme". "Ich bin die Assistentin deines Henkers."

Erstaunt sah ich sie an. Ich weiß nicht, womit ich gerechnet hatte, aber damit nicht. Insgeheim musterte ich sie.

"Er lässt dich ganz lieb Grüßen." Fuhr sie unbeirrt fort. "Leider schafft er es heute nicht mehr persönlich bei dir vorbeizuschauen. Daher hat er mich gebeten einige Dinge mit dir zu klären."

Damit holte sie ein Tablett PC aus ihrer feinen Ledertasche hervor und öffnete eine Datei.

Dann begann sie ihre Fragen zu stellen.

"Wie heißt du?", fragte sie. Ich sah sie verzweifelt an. War das hier ein Witz? Ich wusste meinen Namen noch immer nicht. Achselzuckend versuchte ich es ihr zu erklären.

"Tut mir leid mein Gedächtnis funktioniert nicht, daher habe ich keine Ahnung." Antwortete ich ihr. Sie tippte irgendetwas auf ihrem Tablett.

"Dein Alter?", fragte sie dann. Wiederum konnte ich nur mit den Achseln zucken. Sie sah mich weiter fragend an. Dann schrieb sie wieder.

"Hast du einen letzten Wunsch?"

Diesmal überlegte ich länger. Erst wollte ich spontan "nein" sagen. Denn was hat so ein letzter Wunsch schließlich noch für eine Bedeutung. Dann fiel mir etwas ein.

"Ja," begann ich zögerlich "Ich würde gerne unter meinem richtigen Namen beerdigt werden."

Das Mädel sah mich an. Dann nickte sie "Das kann ich gut verstehen. Möchtest du deinen Namen noch vor deinem Tod erfahren, oder reicht es, wenn wir dich irgendwann unter deinem Namen beerdigen?"

"Letzteres wäre mir schon genug." antwortete ich.

Wieder schrieb sie.

"Warum sollst du hingerichtet werden?", fragte sie dann.

"Weil ich zwei Aufseher getötet habe."

"Warum hast du das getan?"

"Leider weiß ich auch das nicht." Sie sah mich erstaunt an und schrieb aufgeregt.

"Aber es gibt ein Überwachungsvideo mit der Tat. Vielleicht bekommst du es ja da drauf." Ich deutete auf das Tablett. Sie suchte einen Moment.

"Ne, ich bekomme hier drinnen leider keine Leitung.", sagte sie dann. "Aber da kann ich gleich noch nach suchen. Sonst frag ich den Direktor. Das Video wird sich der Henker bestimmt gerne ansehen."

"Bereust du deine Tat?", fragte sie dann und arbeitete so die Liste weiter ab.

"Ja und Nein." antwortete ich ehrlich.

"Ja, weil ich töten ganz allgemein nicht gut finde. Es sollte immer der absolut letzte Schritt sein und erst zum Einsatz kommen, wenn alle anderen Möglichkeiten erschöpft sind. Und nein, weil ich mich zwar nicht mehr an die Tat erinnere, aber noch sehr gut daran, wie die beiden mich vorher behandelt haben. Ich halte mich nicht für einen verrückten oder eiskalten Killer - also war das Töten der beiden für mich die letzte Möglichkeit."

Sie schrieb hektisch mit. Las dann noch einmal, änderte etwas und schrieb erneut.

Dann sah sie mich wieder an.

"Hast du einen besonderen Wunsch, wie er dich töten soll?"

"Nein - nur möglichst schnell und ohne Strom." Ich fühlte mich mit einmal ganz seltsam. In mir reifte die Erkenntnis, dass es wohl tatsächlich losgehen sollte. Wenn ich insgeheim auf einen rettenden "Engel" gehofft hatte, wurde mir nun langsam klar, dass er nicht kommen würde. Ich atmete stockend durch.

Das Mädel sah kurz von ihrem PC auf. Ging dann ihre List durch.

"So, ich glaube wir haben es dann jetzt auch." sagte sie. "Ich bräuchte dann noch deine Größe und dein Gewicht, damit wir die richtigen Instrumente heraussuchen können."

Automatisch nannte ich sie ihr. Sie trug sie auf der Liste ein. Dann reichte sie mir das Tablett und ließ mich die Liste durchlesen. Als ich fertig war, nahm sie mir mithilfe des Touchpads einen Fingerabdruck ab. Damit hatte ich bestätigt die Liste gelesen zu haben.

Sie schaltete den PC ab und steckte ihn zurück in die Tasche.

"Ich wünsche dir eine wunderschöne Nacht!" hauchte sie.

Dann stand sie auf und stöckelte auf ihren Schuhen zur Tür, klopfte und war kurz darauf verschwunden. Ich sah ihr lange nach. Was war denn das? Ich schmunzelte und schüttelte den Kopf.

"Schön," dachte ich bei mir, "Gut, dass sie jetzt alle Informationen hatten, die sie brauchten."

Aber was war mit mir? Ich hatte nach wie vor keine Ahnung, was morgen mit mir geschehen würde. Wann es los gehen sollte, wohin ich gebracht werden würde und wie ich beerdigt werden sollte - all das war noch ungeklärt.

Aber egal - dachte ich dann. Da musste ich mir jetzt auch keine Sorgen mehr drum machen. Von jetzt an brauchte ich mich um nichts mehr zu kümmern. "Die Anderen" würden von jetzt an den Rest meines Lebens bestimmen. Es lohnte sich nicht, dass ich mir den Kopf heiß dachte, ändern würde ich nichts. Und in Erfahrung bringen konnte ich jetzt auch nichts mehr. Ich würde es schon irgendwie mitbekommen, was von mir erwartet wurde.

Schlafen wollte ich jetzt aber auch nicht. Ich setzte mich aufrecht in mein Bett, kuschelte mich in meine Decken ein und genoss jeden einzelnen Atemzug.

Langsam kam ich so in eine ganz besondere Stimmung hinein. Irgendwie spürte ich etwas Neues, fast heiliges, göttliches. Ich sah mich, um und erwartete Apoll zu sehen. Doch er war nicht da. Es dauerte noch eine ganze Weile, bis ich begriff, dass dieses Gefühl aus mir selbst kam.

So ruhig und entspannt wartete ich auf das erste Morgengrauen, den ersten Lichtstrahl nach der Dunkelheit der Nacht. Schon früher - bei Nachtwachen - hatte ich diesen Moment besonders gemocht.

Als der erste zarte Lichtstrahl zu sehen war, liefen mir dicke Tränen die Wangen hinunter. Es war ein wunderschöner Morgen, mit ganz viel blau und ein wenig rot am Horizont. Durch den Frühnebel kämpften sich vereinzelt Sonnenstrahlen und reflektierten alle Farben des Regenbogens. In der Mitte erschien ein kleiner heller Punkt. Ganz bescheiden nahm sich die Sonne zurück, um der Nacht die Zeit zulassen sich zu verabschieden.

"Was für ein wunderschöner Sonnenaufgang.", hörte ich plötzlich eine Stimme neben mir. Ich zuckte vor Schreck zusammen. Schnell wischte ich mir die Tränen aus den Augen. Ich wollte nicht, dass sie jemand sah.

"Nein, du musst dich deiner Tränen nicht schämen.", sagte der Mann neben mir. Es war ein Zweimeter Hüne mit dunklem lockigem Haar und einer volltönenden tiefen Stimme.

Er nahm meine Hand und drückte sie fest. In dem Moment konnte ich es nicht verhindern, dass noch mehr Tränen flossen. Er sah mich dabei schweigend an, versuchte nicht mich zu trösten - sondern ließ meinen Tränen freien Lauf. Dabei stieg die Sonne immer höher, vertrieb die Nacht und es begann ein herrlicher Sonnentag. Eine leichte Brise streifte durch die Zweige der Bäume. Fast glaubte ich in dem Rascheln des Laubes das Meer zu hören, die Wellen wie sie unaufhörlich gegen den Strand spülten.

Nachdem meine Tränen versiegten, drückte er noch einmal meine Hand. Den Blick weiterhin nach draußen gewandt, sagte er: "Wirklich, was für ein prächtiger Sonnenaufgang und was für ein schöner Tag zum Sterben. Du musst ein Engel sein, wenn die Götter deinen letzten Tag so beginnen lassen."

"Ich werde dich gleich sicher hinüber begleiten." fuhr er fort. "Ziehst du dich bitte um."

Ich schluckte und nickte. Noch immer konnte ich nicht glauben, was gleich mit mir passieren sollte. Ich merkte, wie ich nervös wurde und leicht zu Zittern begann. Umständlich versuchte ich in das Kleid hineinzukommen, aber irgendwie gelang es mir nicht.

Da spürte ich eine Hand auf meiner Schulter. "Du musst dich nicht aufregen. Ich werde dich ganz sicher abliefern. Bis dahin kann dir nichts passieren. Es hetzt dich auch niemand."

Seine Stimme hatte etwas enorm Beruhigendes, fast wirkte sie hypnotisch. Und so wurde ich tatsächlich ruhiger und konnte das Kleid anziehen. 10 Minuten später war ich fertig.

Bewundernd sah mich der Hüne an: "Du siehst wundervoll aus. Da ist es ja schon fast schade, wenn du nicht als Geist wieder kommst."

Also kannte auch er die Legende.

"Können wir?", fragte er und reichte mir seinen Arm. Ich nickte stumm. Mir war schon wieder schlecht und ich zitterte.

Er sah mich freundlich lächelnd an: "Wenn du nicht mehr weiterkannst, trag ich dich ein Stück, sag nur Bescheid."

Aber die Blöße wollte ich mir dann doch nicht geben. Dankbar nahm ich seinen Arm und wir verließen die Zelle. Vor der Tür warteten der Direktor und eine Eskorte aus zwei Soldaten. Sie alle wünschten mir einen "Guten Morgen", was ich automatisch erwiderte. Dann gingen wir los. Der Hüne und ich vorneweg, die anderen hinterher.

Zum Glück war es nur ein kurzer Weg. An einer großen Tür blieben wir stehen. Der Hüne öffnete sie und führte mich hindurch. Ich begriff zunächst gar nicht wo ich war. Es war ein einfacher Raum, ganz hell mit nur einem Stuhl darin. Hinter mir schloss der Hüne die Tür. Er setzte mich auf den Stuhl. Dann holte er eine Handfessel hervor und legte sie mir an. Anschließend nahm er eine dunkle Kapuze und zog sie mir über den Kopf. Ich spürte, wie mein Puls zu rasen begann.

War er mein Henker? Was würde gleich geschehen? Ich bereitete mich innerlich auf einen großen, plötzlichen Schmerz vor.

"Du wirst gleich abgeholt.", sagte er zu mir. Ich hörte wie sich eine Tür öffnete und wieder schloss, dann war ich alleine.

Kapitel 31

Zum Glück war ich nicht lange allein. Kurz nachdem sich die eine Tür geschlossen hatte, öffnete sich die nächste. Ich hörte Schritte, die auf mich zukamen. Wieder fühlte ich, wie mein Puls sich beschleunigte. Dann spürte ich, wie jemand nach meinen Händen griff und mich fest und bestimmt mit sich zog. Mir ging es gar nicht gut. Nach allem, was ich durchgemacht hatte, dachte ich, dass ich wirklich cooler wäre. Ich zitterte am ganzen Körper und konnte es nicht verhindern. Unter der dichten Kapuze bekam ich kaum Luft und so atmete ich immer schneller.

Ich wurde durch die Tür geführt. Sofort veränderte sich das Klima. War es gerade noch angenehm warm, so hatte ich jetzt das Gefühl in einem eisigen Wind zu stehen. Mein Zittern verstärkte sich dadurch nur noch mehr.

Die Handfesseln wurden gelöst. Aber nur damit meine Hände in Schulterhöhe wieder angebunden wurden. Auch die Füße wurden angebunden. Anscheinend stand ich zwischen zwei Pfosten.

"Ich muss mich bei dir entschuldigen.", sagte dann eine Männerstimme zu mir. Verwundert drehte ich meinen Kopf in die Richtung, aus der Stimme kam. Was sollte das denn jetzt?

"Ich bin leider noch nicht auf dich vorbereitet. Der letzte Termin hat länger gedauert als gedacht und so konnte ich deine Akte noch nicht studieren. Wenn es dir also nichts ausmacht, werde ich das jetzt nachholen. In der Zwischenzeit gebe ich dir ein kleines Mittel, damit es dir nicht zu langweilig wird... und du mir hier vor Aufregung nicht noch wegstirbst."

Damit fühlte ich auch schon den stechenden Schmerz der Injektion in meinem Nacken. Zunächst wurde mir nur etwas schwindelig und ich hatte die Hoffnung, dass es sich nur um ein Beruhigungsmittel handeln würde. Keine drei Minuten später fühlte ich jedoch, wie mein Körper unkontrolliert zu zucken begann. Hunderte kleiner Ameisen liefen über und durch meinen Körper und zwackten und bissen mich. Ich wandte mich in den Fesseln hin und her, hoffte der Schmerz würde bald aufhören - oder ich würde wenigstens ohnmächtig werden. Aber nichts von beidem traf ein. Der Schmerz war einfach nicht stark genug. Er war gerade so bemessen, dass ich ihn ertragen konnte. So quälte ich mich eine gefühlte Ewigkeit. Während ich mich mit den Schmerzen herumquälte, sah ich in der dunklen Kapuze ein helles Licht. Jetzt war ich mir sicher, ich würde wahnsinnig werden.

Doch ich hörte die Stimme Apolls: "Du musst Dich beeilen. Denk nach! Deine Zeit läuft ab!" Zwischen meinen zusammen gebissenen Zähnen brachte ich nur ein kurzes "Du Arsch - dann hilf mir!" zustande. Apoll grinste.

Langsam ließ die Wirkung des Mittels nach. Es blieb ein Schatten des Schmerzes, aber es wurde erträglich. Ich hörte meinen Henker, wie er in den Unterlagen blätterte. Als er merkte, dass ich wieder ruhiger wurde, stand er auf und kam auf mich zu.

"Dann wollen wir mal.", sagte er in einem Tonfall, der mir das Blut in den Adern gefrieren ließ. Es war nicht nur was er sagte.

Er begann die Kapuze zu lösen. Und noch bevor sie ganz herunter war, wusste ich, wer vor mir stand.

Der Chef sah mir ungläubig in die Augen.

"Nein!", schrie er dann mit echter Verzweiflung in der Stimme. Spontan hatte er seinen Kopf weggedreht und sich zusammen gekrümmt. Jetzt richtete er sich wieder auf und drehte sich wieder zu mir um.

"Sag mir, dass das jetzt nicht wahr ist!", fragte er mich und sah mir dabei in die Augen. Ich zuckte so gut es ging mit den Achseln.

"Es scheint wohl doch so!" antwortete ich. Seltsamer Weise beruhigte mich seine Anwesenheit. Ich war nicht erschrocken, dass er mein Henker war. Im Gegenteil ich fand es sehr angenehm. Nicht, dass ich erwartete, dass er mich auch diesmal wieder herausholen würde - oder dass er sanft mit mir umgehen würde. So wusste er wenigstens, was mit mir geschehen war und ich musste mir darüber keine Sorgen mehr machen.

Mir wurde jetzt klar, dass Sterben etwas sehr Persönliches und intimes war, und da war es mir recht, dass ein vertrauter Mensch anwesend war.

"Wieso?", fragte mich der Chef, noch immer mit einem Anflug von Verzweiflung in der Stimme. "Wieso hast du das getan? Mein Plan hätte funktioniert! Du hättest dich nur für ein oder zwei Monate zusammenreißen müssen, dann hätte ich dich dort rausgeholt."

Ich zuckte erneut mit den Achseln. Ich hatte mich inzwischen mit meinem Tod abgefunden. Was sollte ich also jetzt noch sagen.

"Du glaubst, ich könnte dich auch hier herausholen?" fragte er. Seine Augen blitzten und ich wusste er kam in eine gefährliche Stimmung.

"Aber da irrst du! Dies hier ist kein Spiel mehr. Sie wollen in spätestens 48 Stunden deine Leiche abholen. Und ich kann gar nichts machen. Ich werde dich töten müssen."

"Es ist OK!", antwortete ich. "Ich habe mit meinem Leben abgeschlossen. Dass ich dich hier noch einmal sehe, ist mehr als ich erwarten konnte."

"Ich will dich aber nicht töten!", sagte der Chef mit einem Hauch von Trotz in der Stimme.

"Weder hier noch sonst irgendwo." Er sah mich lange an. Unschlüssig stand er vor mir. Dann drehte er sich um und ging zu dem Tisch. Dort zog er eine Spritze auf. Wieder so ein ekliges grünes Gemisch. Damit kam er auf mich zu.

"Tut mir leid - ich brauche Zeit zum Nachdenken." Damit stach er mir die Spritze in den Hals. Wieder durchzuckten meinen Körper fiese Schmerzlanzen, diesmal noch schlimmer als vorher. Der Chef lief die ganze Zeit vor mir auf und ab. Nach wenigen Minuten gaben meine Beine nach und ich hing in den Handschellen. Dabei fühlte ich wie mein rechtes Handgelenk brach. Ich hörte das Knirschen des Kahnbeins. So hatte ich mir einen schnellen Tod nicht vorgestellt. Dies wurde ein langer schmerzhafter aussichtsloser Kampf.

"Du musst hier nicht so leiden...", neben mir war wieder Apoll erschienen. Er schwebte kopfschüttelnd neben mir. "Kommst du noch immer nicht drauf?"

Ich schüttelte schwach meinen Kopf. Der Chef sah mich an. "Wolltest du was sagen?" Erneut schüttelte ich meinen Kopf. Ich fragte mich, ob der Chef Apoll sehen konnte oder nicht.

"OK, ich helfe Dir!", das war wieder Apoll. "Vielleicht solltest du dich noch ein wenig tiefer in den Schmerz reinhängen."

"Bist du irre?" fragte ich erschrocken "Ich halte es jetzt kaum noch aus!"

"Ja, genau das meine ich.", antwortete Apoll. "Du bist noch zu viel am Kämpfen. Dadurch blockiert dein Gehirn und lässt nichts durch."

"Ich werde jetzt deinen Schmerz verstärken. Sollst mal sehen, wie das hilft!" Ich sah Apoll flehend an.

"Nein - bitte nicht noch mehr!"

Aber er stellte sich zu dem Chef und flüsterte auf ihn ein. Als der Chef sich zu mir umdrehte, bekam ich richtig Angst. Sein Blick war vor Wut verzerrt. Er kam schnell auf mich zu. Und obwohl ich mich vor Schmerz kaum aufrecht halten konnte, begann er mich mit seinen Händen zu foltern. Dank seiner anatomischen Ausbildung wusste er ganz genau, wo es besonders wehtat. Er drückte und zog und jede Bewegung tat mir mehr weh. Ich wollte mich wehren, suchte verzweifelt nach einem Ausweg - oder zumindest nach einer Haltung, in der es nicht ganz so schmerzte. Doch der Chef spürte auch das und fasste genau dort nach, wohin ich ausgewichen war. Bald war mir schwarz vor den Augen. Eine kurze wohltuende Ohnmacht. Aber leider nur sehr kurz. Kaum hatte ich die Augen wieder auf, ging es weiter.

Apoll stand hinter dem Chef und lächelte mich an. Aus Reflex lächelte ich zurück. Das sah der Chef und ging noch heftiger zur Sache.

Plötzlich tat es einen heftigen Knall und ich fühlte mich freier. Ich stand nicht mehr angebunden zwischen den Pfosten. Ich war wieder auf der Wiese mit dem kleinen Bach. Der Baum zeigte bereits braune Blätter, das Summen der Bienen war einer gespenstigen Stille gewichen. Apoll stand in seiner strahlenden Schönheit vor mir.

"Erinnerst Du Dich?", fragte er. Ich wollte ihn genervt anfahren. Doch mitten im Ansatz hielt ich Inne.

"Ja." sagte ich "Ja, ich denke schon - warum sonst wäre ich wieder hier."

"Gut!" sagte Apoll und grinste. "Dann sag mir deinen Namen."

"Welchen?" fragte ich zurück "Ich hatte über die Jahrhunderte verschiedene Namen."

"Nenn mir deinen ursprünglichen - den wahren - Namen!" forderte er mich auf "Sag mir wer du bist!"

Ich atmete durch. "Mein Name ist..." wieder ging es nicht. Ich nahm alle Kraft zusammen "Mein Name ist..."

"Verdammt konzentrier dich!" Apoll war einen Schritt auf mich zugekommen und nahm jetzt meine Schultern in seine Hände. "Formuliere es anders..." flüsterte er eindringlich auf mich ein.

Erneut nahm ich einen Versuch. "Mein Name ist..." Die Blockade tat echt weh. Kurzfristig war ich wieder in der Folterkammer und fühlte, wie mir die Rippen brachen. Der Schmerz katapultierte mich zurück auf die Wiese. Apoll hielt mich nach wie vor.

"Nein!" brüllte ich vor Schmerz. "Nicht mein Name ist - Ich bin ..." ich holte tief Luft "Ich bin Eirene - Göttin des Friedens. Tochter von Zeus und Themis."

Kapitel 32

Kaum hatte ich diese Worte gesprochen, als aller Schmerz von mir abfiel.

Ich war wieder in der Folterkammer. Apoll war mitgekommen.

Traurig sah ich auf die Überreste meines menschlichen Körpers. Der Chef hatte ganze Arbeit geleistet und sein Werk als Henker fast vollbracht. Es war kaum mehr Leben in dem Körper. Er hing schlaff in den Seilen. Von dem Kleid waren nur noch Fetzen übrig. Die Arme und Beine waren seltsam verdreht, auf dem ganzen Körper waren Hämatome zu sehen, rasselnde Geräusche begleiteten jeden Atemzug.

Der Chef saß zusammen gekauert auf dem Boden und lehnte sich an einen der Pfosten. Er hatte die Beine angewinkelt und die Arme herumgeschlungen. Schluchzend wiegte er seinen Kopf hin und her.

Mir tat der Anblick weh. Ich fühlte, ich musste etwas tun. Immerhin war ich nicht ganz unschuldig an der Situation.

Ich stupste Apoll an. "Wir müssen ihm helfen. Er hat es nicht verdient so zu leiden."

Apoll sah mich an. "Du weißt, schon noch was er dir angetan hat?" fragte er spöttisch zurück.

"Ich hätte die passende Antwort für ihn." Zorn funkelte in Apolls Augen und kleine Blitze fuhren um seine Stirn.

"Er konnte nicht anders." versuchte ich den Chef zu verteidigen. "Er wird auch nur weitergeschoben. Wie ein Zahnrad in einer Uhr..."

"Ach, Eirene!" sagte Apoll und strubbelte mir dabei durch meine Haare. "Genau das war schon immer dein Problem... Und das wird es auch immer bleiben. Du hast es nicht leicht als Friedensgöttin. Immer auf Ausgleich bedacht. Niemals kannst du wirklich böse werden..."

Dann grinste er "OK, dann los."

"Halt warte." hielt ich ihn zurück.

Der Chef hatte sich erhoben. Vorsichtig löste er die Fesseln an meinem Körper. Zärtlich fing er den schlaffen Körper auf und trug ihn zu einer Liege. Dort legte er ihn ab, zog das zerrissene Kleid aus und deckte ihn zu. Dann zog er sich einen Stuhl heran und hielt eine ganze Weile ihre Hand. Er holte noch eine Schüssel mit klarem Wasser, wusch ihr die Wunden und säuberte den gesamten Körper. Abschließend holte er ein sauberes Hemd und streifte es ihr über.

Apoll nickte beifällig. "Das hätte ich nicht erwartet."

"Ich hab doch gesagt, er wollte es nicht! Siehst du es nicht, er liebt sie." antwortete ich.

"Er wird sie aber gehen lassen müssen." sagte Apoll "Oder willst du etwa wieder zurück?"

Erschrocken schüttelte ich den Kopf.

"Nein, auf gar keinen Fall! Aber vielleicht könnten wir ihm helfen. Wir sollten bedenken, dass auch das kleinste Zahnrad die ganze Uhr zum Stehen bringen kann..."

Ohne weiter drüber nachzudenken, sprang ich in den Körper zurück. Der bäumte sich unter der Wucht auf und sank dann wieder schlaff zusammen.

Der Chef ergriff meine Hand.

"Es ist gut.", flüsterte er mir zu. "Du hast es bald geschafft." Dabei trocknete er sich seine Augen mit seiner anderen Hand.

Ich versuchte mich zu orientieren. Der Schmerz war in den Hintergrund getreten. Aber der ganze Körper fühlte sich irgendwie matschig an. Als ich versuchte etwas zu sagen, hörte ich nur das rasselnde Atemgeräusch. Schwach hob ich meine Hand und war ganz erstaunt wie viel Kraft schon so eine kleine Bewegung kostete.

Der Chef kam dichter mit seinem Ohr an meinen Mund heran. Also hatte er verstanden, dass ich etwas sagen wollte.

Er tauchte einen sauberen Lappen in eine Schüssel mit klarem Wasser und tupfte vorsichtig meine Lippen ab.

"Du musst nichts sagen.", sagte er zu mir. "Du musst auch den nächsten Atemzug nicht mehr machen. Entspann dich und lass es geschehen."

Mittlerweile versuchte er nicht mehr seine Tränen zurückzuhalten. Ich fühlte wie meine Hand feucht von seinen Tränen wurde.

Ich atmete noch einmal so tief es ging ein. Dann ließ ich den Atem lange und langsam entweichen und sank schlaff in die Kissen zurück.

Es war geschafft.

Kapitel 33

Der Chef brach nun endgültig schluchzend über mir zusammen.

Er streichelte mir über die Haare und die Wangen.

"Sorry, Kleines. Ich wünschte, es hätte einen anderen Weg gegeben.", flüsterte er mit tonloser Stimme. "Danke, dass du mich für einen Teil meines Weges begleitet hast. ..."

Er wollte noch mehr sagen, aber seine Stimme versagte ihm jetzt total. Wieder legte er seinen Kopf auf meinen Bauch und hielt meine Hände fest in seinen.

Auf der anderen Seite der Folterkammer öffnete sich eine Tür und Parker kam herein. Leise trat er auf den Chef zu und legte ihm eine Hand auf die Schulter.

"Es ist vorbei.", sagte er sanft. "Du kannst jetzt hier nichts mehr tun. Komm."

Doch der Chef konnte mich noch nicht loslassen.

"Ich habe noch nie einen Menschen so geliebt wie sie - wie kann ich sie da jetzt alleine lassen?"

Parker wollte den Chef mit sanfter Gewalt wegziehen.

"Nein!", fuhr der Chef ihn an "Begreifst du nicht - wenn ich sie jetzt loslasse, werde ich sie nie wieder sehen." Wieder rannen Tränen über sein Gesicht.

"Sieh sie dir an." sagte Parker vorsichtig. "Sie ist lange fort. Sie hat nur ihren Körper zurückgelassen."

Der Chef trocknete sich die Augen. Sie waren rot und lagen tief in ihren Höhlen.

Dann setzte er sich ein Stück auf und betrachtete meinen Körper mit etwas Abstand. Traurig nickte er.

"Ja, du hast recht." Er nahm meine Hände und verschränkte sie über der Brust. Dann streichelte er ein letztes Mal durch meine Haare und stand er auf.

Apoll hatte das Ganze aus einiger Entfernung betrachtet. "Menschen..." entfuhr es ihm.

"Wenn du noch los möchtest, dann solltest du langsam anfangen." sagte er zu mir.

"Ja, ich glaube, du hast recht." antwortete ich.

Also nahm ich meinen göttlichen Funken und ließ den Körper in hellem Glanz erstrahlen.

Der Chef hatte sich schon zum Gehen abgewandt, als er sich noch einmal umsah. Erstaunt blieb er stehen und zupfte Parker am Arm.

Der Körper schwebte mittlerweile einen halben Meter über der Liege. Die ganze Zimmerseite wurde von einem hellen Licht erleuchtet.

Dann trennte ich mich langsam von dem Körper. Der Körper fiel schlapp zurück auf die Liege. Aber ich schwebte weiter. Zunächst als helles Licht, dann formte ich meine göttliche Gestalt. Schließlich schwebte ich nur noch knapp einen Meter vom Chef entfernt.

Kapitel 34

Ihm stand vor Staunen der Mund offen. Auch Parker neben ihm konnte nichts sagen.

Ich lächelte beide an. Nie zuvor hatte ich mich so gut gefühlt.

Einen winzigen Augenblick später sanken beide auf die Knie vor mir.

Apoll kam zu mir. "Na, die hast du ja schon ganz gut im Griff."

Ich schubste ihn im Spaß zurück. Mir war das jetzt schon wieder peinlich. Ich musste mich erst noch wieder an meinen neuen Status gewöhnen.

"Steht auf!", forderte ich die beiden auf. Doch sie hielten ihren Blick nach unten gerichtet.

"Du wirst schon hingehen müssen." flüsterte Apoll mir ins Ohr. "Es scheint die Menschen sind nicht mehr an solche Auftritte von Göttern gewöhnt."

Also ging ich auf den Chef zu und berührte ihn von vorne an der Schulter. Erst jetzt bemerkte ich wie er zitterte. Verwundert sah ich an. Ich forderte ihn erneut auf aufzustehen.

Langsam kam er meiner Aufforderung nach. Er hielt den Blick weiter gesenkt:

"Bitte tut mir nichts!"

Kopfschüttelnd trat ich auf ihn zu.

"Ich habe nicht vor dir etwas zu tun." antwortete ich leicht verwundert. "Ich bin noch immer die gleiche. Ich habe mich nur von meiner menschlichen Hülle befreit."

"He," ich schmunzelte, "Ich kann dir jetzt alle deine Fragen beantworten."

Wieder bekam ich keine Antwort.

282

"Apoll, hilf mir!" bat ich Apoll, der sich leise zu mir gestellt hatte. "Was ist mit ihnen?"

"Ich denke, wir sollten den Ort wechseln." sagte er "Vielleicht werden sie dann lockerer."

Ich nickte und Apoll schnippte mit seinen Fingern. Der Raum um uns herum verschwamm und waberte. Als er sich wieder klärte, waren wir auf der Wiese. Es herrschte sommerliche Wärme. Mir kam das nach der Kälte der Folterkammer gerade recht. Ich entspannte mich zusehends.

Apoll stand neben mir. "Du solltest deine Gestalt besser kontrollieren." flüsterte er mir zu. Ich sah an mir herunter, konnte aber nichts Ungewöhnliches entdecken. Ich trug wieder die Peplos, die Falten lagen ordentlich an meinem Körper. Also sah ich ihn fragend an.

"Du leuchtest zu stark.", erklärte er mir lächelnd. "Sieh sie dir an.", damit deutete er auf Parker und den Chef. "So werden die sich nie entspannen."

Ich nickte. Der Chef und Parker standen etwas abseits und sahen verschüchtert zu uns rüber.

Dann konzentrierte ich mich. Und ein paar Augenblicke später hatte ich allen göttlichen Glanz abgelegt. Doch das Gefühl war geblieben.

Apoll nickte. "So könnte es was werden."

Ich ging auf den Chef zu. Jetzt traute er sich mich wieder anzusehen. Fragend griff ich nach seiner Hand. Er entzog sie mir nicht, ich war mir aber auch nicht sicher, ob er es gut fand. Also ließ ich sie wieder los.

"Lasst uns unter den Baum setzten und reden." schlug ich vor. "Ich glaube, du hattest ein paar Fragen, die ich dir jetzt beantworten kann."

Langsam schritt ich voran. Die beiden folgten mir. Ich setzte mich mit dem Rücken zum Baumstamm und die beiden setzten sich mir gegenüber. Apoll sah mich fragend an.

"Ja, bitte setz dich zu uns. Vielleicht erinnere ich mich doch noch nicht an alles. 2000 Jahre sind eine lange Zeit. Dann kannst du aushelfen."

Apoll grinste belustigt, sagte aber nichts und setzte sich neben mich.

"Möchtest du deine Fragen stellen, oder soll ich einfach erzählen?", fragte ich den Chef.

"Erzähl du lieber..." stammelte er. "Ich frag nach, wenn noch etwas unklar ist. ... Wenn das OK ist."

Ich nickte und sammelte mich.

"Ich bin Eirene." begann ich mit meiner Erzählung. "Tochter von Zeus und Themis. Ich wuchs auf dem Olymp auf. Mir wurde die Gabe des Ausgleichs und des Friedens in die Wiege gelegt." Ich sah Apoll an. Er grinste abfällig.

"Gabe ist hier wohl übertrieben." schnaubte er "Es hat dir nichts als Ärger gebracht."

"Willst du leugnen, dass ich viele Leben gerettet habe?", fragte ich böse zurück. Ich konnte es nicht leiden, wenn man meine Gabe belächelte.

"Nein, das nicht. Da hast du wirklich gute Dienste geleistet. - Aber wie ist es Dir dabei ergangen. Sieh dich doch nur an."

Ich sah Apoll nur kurz an. Diese Diskussion wollte ich später weiterführen. Jetzt brachte es nichts. Also fuhr ich fort.

"Ich wurde von den Menschen als Friedensgöttin verehrt. Sie bauten auch den ein oder anderen Tempel für mich. Wir wohnten alle zusammen auf dem Olymp. Aber schon früh hatte ich auch Neider. Allen voran neidete Hera mir meine Beliebtheit. Zum einen war sie Eifersüchtig auf meine Mutter, da sie ja die eigentliche Frau von Zeus war. Und das ließ sie mich jeden Tag spüren. Zum anderen waren da aber auch die alten Kriegsgötter, die gerne Hass und Zerstörung in die Welt brachten. Denen war ich von Anfang an „ein Dorn im Auge". Sie hielten es für ein Spiel, wenn die Menschen sich gegenseitig in Kriegen umbrachten. Schlimmer noch - sie hielten die Menschen für ihr Spielzeug, mit dem sie machen konnten, was sie wollten. Ich wollte das nicht. Ich konnte es nur schwer ertragen und versuchte stets zu vermitteln, bevor die großen Schlachten ausbrachen."

Ich sah Apoll an.

"Ja, du und deine Zwillingsschwester Artemis, ihr habt oft versucht mir zu helfen und mich beschützt so gut ihr es konntet. Aber geholfen hat es letzten Endes nichts."

"Durch einen Komplott wurde ich erst lebendig begraben." mir lief ein kalter Schauer über den Rücken.

"Oh, tut mir leid.", entfuhr es dem Chef "Ich wusste ja nicht..."

Ich schüttelte den Kopf: "Nein, das ist lange her. Du hattest nichts damit zu tun. Deine Fesseln hätten mich da noch nicht halten können."

Ich machte eine Pause und trank etwas Wasser aus dem Bach.

"Sie wurde damals von mir befreit." fuhr Apoll für mich fort. "Danach konnte sie noch ein oder zwei große Kriege verhindern und etliche Schlachten beenden. Eirene war eine der Lieblingstöchter von Zeus. Er selbst fand es sinnvoller den Menschen Ackerbau und Viehzucht beizubringen, als sie in Kriegen sterben zu sehen. Doch das schürte nur noch mehr die Eifersucht von Hera. Und so schmiedete sie einen fiesen Plan, hinterging Zeus und stahl Eirene ihre Göttlichkeit. Fortan musste sie als Mensch auf der Erde leben. Sie konnte es kaum ertragen, zwischen all dem Elend und Leid. - Und dabei komplett aller Macht entzogen. Sie musste tatenlos danebenstehen und konnte nichts machen. Versteht ihr das? Zu wissen, sie könnte eigentlich etwas tun, aber es war ihr nicht mehr möglich - das brachte sie so schon fast um den Verstand...

Hera aber war noch perfider. Sie schloss mit Hades, dem Wächter der Unterwelt einen Packt, dass Eirene, egal in welcher Gestalt, nicht in die Unterwelt einkehren durfte."

Ich erinnerte mich und es schauerte mich durch und durch.

"So musste Eirene viele, viele Leben auf der Erde verbringen." Apoll griff nach meiner Hand. "Allmählich vergaß sie, dass sie eine Göttin war.

Auch wir anderen Götter gerieten nach und nach in Vergessenheit. Doch der Fluch lag weiterhin auf ihr. Jedes Leben starb sie früh. Noch bevor sie eine Familie gründen konnte, denn dann hätte Hera sie hätte schützen müssen."

"Diese Leben waren unerträglich für mich. Überall um mich herum spürte ich die Aggressionen und Feindschaften und ich wusste, ich sollte etwas dagegen unternehmen, doch ich konnte nicht. Als Göttin hörte man auf mich - aber nicht als menschliche Frau." erzählte ich weiter.

"Die fürchterlichsten Jahre aber waren im ersten und im zweiten Weltkrieg. All dieses Elend ... und dann das Wissen oder besser das Gefühl, versagt zu haben. Hätte ich es als Friedensgöttin verhindern können...?" innerlich schüttelte ich mich.

"Es war doch nicht deine schuld!", sagte Apoll "An dem Ganzen ist einzig und alleine Hera schuld."

"Ich habe Eirene die ganze Zeit über gesucht. Auch ich war seit ihrer Verbannung nur noch selten auf dem Olymp." erzählte Apoll. "Obwohl es mir besser ging als den meisten anderen Göttern. Zwar sind auch meine Tempelanlagen mittlerweile verfallen, aber ich selber bin nie in Vergessenheit geraten. Und so hatte ich die Chance weiter nach Eirene zu suchen. Die Spur führte mich dann irgendwann zu euch und eurem Lager. Irgendetwas ist hier geschehen, dass Eirenes "göttlichen Funken" wieder entfacht hat."

Ich sah dem Chef schüchtern in die Augen, als er zurücksah, wusste ich, er hatte begriffen.

"So konnte ich sie endlich aufspüren." Apoll lächelte mich an. "Und dann heute auch endlich befreien."

"Was geschieht jetzt weiter?" fragte der Chef.

Apoll zuckte mit den Achseln. "Das hängt ganz von Eirene ab." Er sah auf mich herab. "Ist sie schon zu sehr Mensch oder kann sie wieder ihre Aufgabe als Friedensgöttin erfüllen?"

"Warum geht nicht beides?", fragte der Chef.

"Denk mal selber drüber nach!" antwortete Apoll. "Gerade du solltest auf die Antwort kommen."

Ich stand unschlüssig zwischen den beiden. Ich wusste, dass beide mich wollten. Ich wusste auch, dass ich mich entscheiden musste. Beides ging nicht. Nach fast 3000 Jahren als Mensch auf der Erde, hätte ich nicht gedacht, dass mir die Entscheidung so schwerfallen würde.

Schließlich nickte ich. Ich wusste, was zu tun war.

"Gibst du mir einen Augenblick mit ihm.", bat ich.

Apoll trat einen Schritt zur Seite und nahm Parker mit. Die beiden führten ein intensives Gespräch.

Ich schritt unruhig, aber gemessenen Schrittes auf den Chef zu. (Quatsch - ich lief wie ein verliebter Teenager) Wir fielen uns in die Arme, küssten uns und hielten uns ganz fest. Es tat nach all den Qualen, die ich erlebt hatte, einfach nur gut.

"Bleibst du bei mir?", fragte der Chef hoffnungsvoll.

Ich hasste es ihn enttäuschen zu müssen.

"Irgendwann vielleicht.", antwortete ich vorsichtig. "Jetzt muss ich erst mal los. Es wartet so viel Arbeit auf mich. Sieh dich nur mal um. Allein deine Organisation..."

Er schluckte und schüttelte den Kopf. "Du hast ja recht." sagte er dann. "Wenn es dir hilft, werde ich versuchen etwas zu ändern. Es muss doch möglich sein, dass hier auf der Erde wieder mehr Frieden und Gerechtigkeit herrschen."

Ich strahlte ihn an. Er hatte also verstanden.

Wir umarmten uns noch ein letztes Mal. Wie auf ein geheimes Zeichen ließen wir uns los. Unsere

Fingerspitzen berührten sich noch so lange bis Apoll neben mir stand.

"Können wir?" fragte er. Ich nickte. Apoll schüttelte zum Abschied noch die Hände von Parker und dem Chef. "Ich danke für eure Hilfe. Wir sehen uns bestimmt wieder." Dann sah er Parker noch einmal an.

"Denk daran, was ich dir gerade erklärt habe." Parker nickte geheimnisvoll.

"Wir werden uns bemühen."

Der Chef konnte seinen Blick nicht von mir wenden. Und auch ich sah ihm noch lange in die Augen. Apoll stellte sich neben mich "Lass uns los!" Ich nickte aufgeregt.

Zum Abschied hoben wir noch die linke Hand und winkten. Dann verstärkten wir unser göttliches Leuchten, bis wir schließlich verschwunden waren.

Der Chef und Parker standen noch einige Augenblicke unbewegt.

"Los komm!", sagte der Chef und klopfte Parker freundschaftlich auf die Schulter

"Wir haben eine Menge Arbeit vor uns!"

ENDE